DIESES BUCH GEHÖRT:

Die drei !!!

Die drei !!!

Geheimnisvoller Liebestrank

Ann-Katrin Heger

KOSMOS

Umschlagillustration von Ina Biber, Gilching unter Verwendung von Vorlagen von iStock.com/miava (Buch mit Rezepten), iStock.com/blueringmedia (Handtaschen), iStock.com/ReyKamensky (Silhouetten)
Umschlaggestaltung von Sabine Reddig

Weitere Bände dieser Reihe siehe S. 160

FSC
www.fsc.org
MIX
Papier | Fördert gute Waldnutzung
FSC® C083411

Gedruckt auf Cradle to Cradle Certified™ Munken Papier

ISBN 978-3-440-16813-4
Redaktion: Franziska Latoska
Lektorat: Claudia Müller
Produktion: DOPPELPUNKT, Stuttgart
Druck und Bindung: CPI Books GmbH, Leck
Printed in Germany / Imprimé en Allemagne

Die drei !!!

Geheimnisvoller Liebestrank

1+1+1=1

Der Oktobernebel hing schwer in den Büschen und Bäumen im Garten der Grevenbroich-Villa. Nur die gelbroten Blätter des alten Ahornbaums leuchteten als bunte Farbflecken durch die weißen Schwaden.
Marie fröstelte. Sie klemmte ihre Füße zwischen Wand und Heizkörper, wärmte sich die Hände an einer heißen Tasse Orangentee und starrte durchs Fenster auf den Kiesweg, der zur Eingangstür der Villa führte. Wo blieben Kim und Franzi? Sie hatten vor einer Stunde geschrieben, dass sie kommen würden. Marie freute sich schon, ihnen die tollen Neuigkeiten zu erzählen. Tessa, ihre Stiefmutter, die als Kamerafrau beim Film arbeitete, hatte Marie angeboten, am nächsten Wochenende zu Dreharbeiten mit ihr nach Schönburg zu kommen. Und Tessa hatte vorgeschlagen, auch Franzi und Kim zu fragen. Herrlich. So ein Freundinnenwochenende konnten sie gut gebrauchen. Kein Schulstress, keine Jungs und auch sonst niemand, der ihnen in die Quere kommen konnte. Nach so vielen gelösten Fällen hatten sie sich ein bisschen Ruhe verdient.

Marie setzte sich auf und drehte am Knauf der Heizung. Stufe 5. Warum wurde das blöde Ding nur so langsam warm? Sie mochte die alte Villa, in der sie seit ein paar Jahren mit ihrem Vater, Tessa, deren Tochter Lina und ihrem kleinen Bruder Finn lebte, wirklich gerne, aber wärmetechnisch war das alte Haus eine einzige Katastrophe. Sie warf einen Blick auf ihr Handy. In diesem Moment poppte eine Nachricht auf.

Meine Fahrradkette springt mal wieder einfach so in der Gegend rum. Franzi hilft mir. Sind in zwanzig Minuten bei dir. Kim

Marie seufzte. Zwanzig Minuten? Was konnte sie in zwanzig Minuten Sinnvolles tun?
Englischvokabeln lernen? ... Wäre gut.
Den Riss in ihrem Lieblingsrock flicken? Wäre besser.
Wasser in die Wanne einlaufen lassen und sich richtig aufwärmen? Wäre am besten!
Schnell lief sie ins Badezimmer, öffnete den Hahn und kippte ein wenig Badesalz der Duftnote *Ruhig wie ein Bergsee* hinein. Ein tiefer Atemzug. Ah. Die zwanzig Minuten würden wie im Flug vergehen.

Rrrrrriiiiiing!
Marie öffnete die Augen, schob einen Berg Schaum zur Seite und schlüpfte in ihren flauschigen Bademantel. »Ich komme!«, rief sie, sauste mit tropfenden Haaren die Treppe hinunter und öffnete die Tür.

»Hallo!«, sagte Franzi. »Sorry, dass wir so spät sind. Eine VERKETTUNG unglücklicher Umstände.« Sie kicherte.
»Du dampfst«, stellte Kim mit einem Blick auf Maries nasse Haare fest. Dann hielt sie ihre Hände hoch, die vom Öl der Fahrradkette verschmiert waren. »Ich umarme dich lieber erst, wenn ich selber in der Wanne war – oder zumindest meine Hände!«
Kim und Franzi streiften die Schuhe ab und folgten Marie in ihr Zimmer und dann ins Badezimmer.
Marie föhnte sich die langen blonden Haare, während Kim und Franzi verzweifelt versuchten, die Schmiere von ihren Händen zu rubbeln.
Marie stieg in ihren grauen Plüscheinteiler, setzte sich im Schneidersitz auf ihr rotes Sofa und rief: »Seid ihr bereit für die große Überraschung? Tada!«
Kim und Franzi blickten einander überrascht an und nickten.
»Das nächste Wochenende wird wie kein zweites werden«, fuhr Marie fort. »Denn Tessa lädt uns zu Dreharbeiten ein. Wir werden zwei ganze Tage lang Zeit zum Quatschen, zum Bummeln und Schlafen haben. Na, wie wäre das? Seid ihr dabei?« Marie strahlte übers ganze Gesicht und sah ihre Freundinnen erwartungsvoll an.
»Nächstes Wochenende?«, fragte Franzi gedehnt. »Ich habe meinem Vater versprochen, ihm mit einem hoffnungslos untalentierten Ritter zu helfen, der besser reiten lernen muss.«
»Verstehe ich nicht«, antwortete Kim. »Wie soll das denn gehen?«

Franzi winkte ab. »Ach, nicht so wichtig, die Sache ist kompliziert. Allerdings bedeutet das, dass ich nicht mitkommen kann.«

Marie ließ enttäuscht die Arme sinken. »Klar, verstehe ich«, sagte sie.

Kim rutschte unruhig hin und her. »Ich kann nächstes Wochenende auch nicht«, gab sie zu. »Sebastian hat mich gebeten, einen Artikel zu schreiben. Dafür bin ich das ganze Wochenende unterwegs.«

Marie nickte. Sie hatte es sich so schön ausgemalt, mit Kim und Franzi durch Schönburg zu schlendern. Es wäre noch dazu kein normaler Stadtbesuch gewesen. Schönburg spielte an diesem Wochenende das große Hochzeitsfest von Heinrich und Ottilie nach. Mit richtigen Schauspielern und großem Mittelaltermarkt, der sich durch die ganze Stadt zog.

»Da kann man nichts machen. Überraschungen sind eben immer für eine Überraschung gut«, sagte sie und versuchte, sich nichts anmerken zu lassen. »Vielleicht können wir den Ausflug nach Schönburg nächstes Jahr zusammen machen.«

»Schönburg?«, rief Kim. »Sag das doch gleich. Da bin ich auch.«

»Du auch?« Franzi staunte.

Kim legte den Kopf schief. »Du etwa auch?«

Alle drei kicherten los.

»Also, ich bin an diesem Wochenende in Schönburg, um einen Artikel über die Hochzeit zu schreiben«, meinte Kim.

»Der hoffnungslose Ritter, dem ich aufs Pferd helfen soll, ist ebenfalls in Schönburg.« Franzi klatschte sich auf die Knie.

Marie sah ungläubig zu Kim und dann zu Franzi. »Ich glaube, ich verstehe nicht ganz, soll das etwa heißen …«

»Genau das heißt es. Überraschung!«, unterbrach Franzi sie. »Wir sind ALLE DREI in Schönburg. Manchmal macht eins plus eins plus eins eben eins und nicht drei!«

»Und Überraschungen sind immer für eine Überraschung gut«, rief Kim und grinste.

Leere Bäuche

Marie schob die Tür des Kleinlasters auf. Finn, ihr dreijähriger Bruder, saß freudestrahlend auf seinem Kindersitz, der auf allen Seiten von Kamerataschen und Stativen eingebaut war.
»Ritter sind noch viel cooler als Feuerwehrmänner«, quietschte er. »Lass mich schnell raus, ich will einen sehen. So einen echten. Mit Rüstung und Pferd und Pflanze!«
Marie kicherte, als sie sich einen Ritter hoch zu Ross vorstellte, der eine Primel in der Hand hatte. »Du meinst Lanze, oder?«
»Ich meine das lange Stechding«, sagte Finn und kletterte aus dem Auto. Er sah sich um. »Wo sind die denn alle? Mama hat mir versprochen, dass es hier ganz viele gibt.«
Marie nahm ihren Bruder auf den Arm und küsste ihn auf die Wange. »Die sehen wir bestimmt noch. Franzi muss sogar einem von ihnen das Reiten beibringen.«
»Echt?« Finn riss die Augen auf. »Meine Franzi?«
Marie lachte. »Ja, *deine* Franzi. Und ja, ich glaube, dieser Ritter hat sogar Schwierigkeiten, überhaupt aufs Pferd zu kommen.«
»Mama!«, rief Finn und rannte auf Tessa zu, die die restlichen

Sachen aus dem Auto holen wollte. »Meine Franzi gibt einem Ritter Nachhilfe! Witzig, oder?«

»So könnte man das sagen, Finn.« Tessa zwinkerte Marie zu. »Komm, wir gehen mal zur Burg, mein Großer. Ich glaube, da habe ich vorhin einen Ritter gesehen.«

Marie winkte ihrer Stiefmutter und ihrem kleinen Bruder nach. Ein warmes Gefühl breitete sich in ihrem Bauch aus. Finn war einfach so niedlich. Nach dem Tod ihrer Mutter hatte sie lange Zeit mit ihrem Vater alleine gelebt. Sie hatte sich gefreut, als er Tessa kennengelernt hatte. Mit Tessas Tochter Lina hatte Marie sich nicht immer so gut verstanden wie jetzt. Mittlerweile, vor allem seit ihr gemeinsamer Bruder Finn auf der Welt war, fühlte es sich aber nach ganz normaler Familie an. Meistens toll, aber manchmal auch zum Wahnsinnigwerden …

»Hunger!«

Marie sah sich um. Die Stimme kannte sie doch!

»Kim, cool, dass du auch schon da bist!«

»Wenn ich nicht in den nächsten Minuten etwas zu essen bekomme, bin ich nicht mehr da. Dann habe ich meine letzte Kalorie verbraucht und es rafft mich dahin!« Sie ließ die Zunge heraushängen und verdrehte die Augen.

»Hey, die Rolle der Drama-Queen hab *ich* doch normalerweise«, sagte Marie und nahm Kim den großen Rucksack ab, den sie auf dem Rücken trug.

»Aber nicht, wenn es um Essen geht!« Kim erhob den Zeigefinger und wackelte damit vor Maries Nase herum. »Ich habe einen Zug eher genommen«, erklärte sie. »Um die Stadt in Ruhe auf mich wirken zu lassen. Bevor sich die Massen durch die Straßen drängen und die Fressstände leer gegessen sind.«

»So schlimm wird es schon nicht werden«, meinte Marie. »Entschuldige noch mal, dass du extra anreisen musstest. Aber unser Kleinbus war voll bis obenhin.«

»Überhaupt kein Problem. Ich habe im Zug gleich ein paar Besucher interviewt.« Kim schwenkte ihr Notizbuch. »Allein daraus könnte ich schon einen Artikel machen.«

Die kleine Stadt Schönburg präsentierte sich von ihrer schönsten Seite. Aus den Fenstern, die zur Hauptstraße zeigten, hingen Fahnen mit dem Wappen der Burgherrenfamilie – ein Buch, davor eine dampfende Tasse Tee und als Verzierung Holunderblüten.

Überall hingen bunte Plakate, die für die Aufführung der historischen Hochzeit am Sonntag warben und auch die restlichen Programmpunkte des Wochenendes ankündigten: ein 500 Jahre altes Buch sollte überreicht werden, Gaukler führten ihre artistischen Künste vor, mittelalterliche Bands gaben zahlreiche Konzerte und nicht zuletzt sollte ein Mittelaltermarkt im Burggraben stattfinden, der alles feilbot, was es vor 500 Jahren an Kräutern, Tinkturen, Gewandung, Waffen und Nahrungsmitteln gegeben hatte.

Kim und Marie kamen aus dem Staunen gar nicht mehr heraus. Das Schmuckstück der Stadt aber war die Burg aus hellem

Sandstein. Sie thronte auf einem Hügel mitten in der Stadt. Der Burgfried, der höchste Turm der Burganlage, ragte hoch über alle Häuser; man konnte ihn von überallher sehen und sich an ihm orientieren.

»Die meisten mittelalterlichen Stände sind in dem ausgetrockneten Wassergraben rund um die Burg herum«, erklärte Kim. »Zumindest war das die Info, die mir Sebastian gegeben hat. Ich würde mir gerne mal einen Überblick über das Essensangebot verschaffen.«

Marie sah auf die Uhr. »Franzi müsste in zehn Minuten ankommen. Vielleicht laden wir erst einmal deinen Rucksack in der Pension ab, warten dort auf sie und gehen dann mit ihr zusammen in den Burggraben.«

Kim überlegte kurz und kramte in der Hintertasche ihrer Jeans. Sie zog ein verknautschtes, fast leeres Päckchen Studentenfutter heraus, schüttete sich den Rest auf einmal in den Mund und kaute genüsslich. »Nüsse sollen sehr gut gegen Verhungern sein«, sagte sie mit vollem Mund. »Hatte kurzzeitig vergessen, dass ich sie noch habe. Also, die Pension zuerst.«

Marie schüttelte den Kopf und lächelte. Kim und Essen. Die beiden waren einfach ein Dreamteam!

Sie mussten gar nicht mehr warten. Franzi saß in einem Ohrensessel in dem kleinen Empfangsraum der Pension und pustete in eine dampfende Tasse Tee, die sie in den Händen hielt.

Als sie Marie und Kim entdeckte, stellte sie die Tasse ab und begrüßte die beiden. »Bringt schnell eure Sachen aufs Zimmer.

Ich warte hier solange und trinke Tee. Den müsst ihr probieren. Es ist der berühmte Holunderblütentee von Schönburg!«
»Sind das die beiden ausstehenden Gäste für das Triple-Zimmer?«, fragte der Mann hinter dem Tresen der Rezeption und hielt Kim und Marie jeweils einen Schlüssel entgegen. »Viel Spaß bei den Hochzeitsfeierlichkeiten!«
Marie und Kim legten die Rucksäcke in ihr Zimmer und waren nur wenige Augenblicke später wieder unten bei Franzi. Auf dem kleinen Tisch standen nun noch zwei dampfende, duftende Tassen.
»Begrüßungsdrink der besonderen Art.« Der Mann hinter dem Tresen schmunzelte. »Geht natürlich auf Kosten des Hauses.«
Marie setzte sich und schnupperte. Das roch wirklich sehr gut. Vorsichtig nahm sie die Tasse und nippte. Es schmeckte toll.
»Lecker«, bestätigte Kim. »Allerdings schwemmt der Tee die Nüsse irgendwie weg und …«
Marie kicherte. »Wir gehen sofort, um dir etwas zu essen zu besorgen. Wir haben noch genug Zeit, bevor wir uns mit der Bürgermeisterin, Frau Thiese, auf der Burg treffen.«
»Hendrik, der Typ, der den Ritter spielt und dem ich das Reiten beibringen soll, wird auch da sein. Mal sehen, wie der so drauf ist. Ich mache das echt nur meinem Papa zuliebe. Der kennt Frau Thiese von früher und sie hat ihn in diesem Fall um Rat gebeten, weil er so eine unendliche Geduld hat. Und weil Papa findet, dass ich sogar *noch mehr* Geduld habe, habe ich jetzt den Job …«, meinte Franzi.
»Klingt ja gruselig. Warum haben sie denn nicht einfach einen

anderen Ritter ausgesucht? Einen, der reiten kann«, fragte Kim.

Franzi zuckte mit den Schultern. »Keine Ahnung. Aber wir werden das Pferd schon schaukeln, oder wie dieses Sprichwort heißt!«

Die Stadt füllte sich allmählich mit Besuchern. Anscheinend hatten einige ein ganzes Wochenende in Schönburg eingeplant und waren jetzt auch auf der Suche nach etwas Essbarem. Die drei !!! ließen sich die Straße mit den Fachwerkhäusern entlangtreiben, bis sie zum Eingang des Burggrabens gelangten. Der Duft von offenem Feuer und gebratenen Zwiebeln stieg Marie in die Nase.

Zielstrebig ging Kim auf einen Stand zu, der ganz aus Holz gearbeitet war. *Pausenjause,* stand auf dem rustikalen Schild, das auf dem Dach der Hütte montiert war. Darunter: *Inhaber Günther Lamprecht.* »Ich nehme einen Dinkel-Käse-Fladen«, hörte Marie Kim sagen.

Plötzlich hatte Marie auch Lust, eines der leckeren gerösteten Brote zu essen. Sie betrachtete die belegten Teigfladen und entschied sich für Sesam-Frühlingszwiebel.

Ein kräftiger Mann um die fünfzig nahm die Hände aus der großen hölzernen Knetschüssel, wusch sie und trocknete sie an einem groben Leinentuch ab. Dann reichte er Marie und Kim die warmen Brote. »Das sind Originalrezepte von 1520«, erklärte er. »Damals wurden die Fladen auch über dem offenen Feuer geröstet. Lasst es euch schmecken!«

Marie gab Franzi ein Stück ab und alle drei waren sich einig, dass sie selten so etwas Leckeres gegessen hatten.
»Das war nicht mein letzter Besuch bei der *Pausenjause*«, sagte Kim und wischte sich mit einem Tuch die fettigen Lippen ab.
»Aber für diesen Nachmittag schon«, sagte Marie. »Wann haben wir den Termin mit der Bürgermeisterin?«
Kim sah auf ihr Handy. »Mist. Er ist genau jetzt!«

Die Legende von Ottilie und Heinrich

Sie rannten den Burggraben entlang und die Treppen nach oben. Dann über die Brücke, die in die Burganlage führte. Kurz nach dem Falltor war eine Schranke mit rot-weiß gestreiftem Sperrgitter heruntergelassen. Rechts und links war kein Platz mehr, sich hindurchzuquetschen.

»Haben wir uns wirklich hier mit Frau Thiese verabredet?«, fragte Marie Kim. »Sieht so aus, als dürfte da niemand rein.« Sie beugte sich über die Schranke, um besser sehen zu können. »Da ist schon alles für die Feierlichkeiten vorbereitet.«

Kim blickte ratlos auf ihr Handy. »Doch. Es stimmt alles. Frau Thiese schreibt, dass sie uns im Burghof erwartet.«

In diesem Augenblick kam eine schlanke Frau mit kurzen roten Haaren um die Ecke.

»Entschuldigt!«, rief sie. »Die Sicherheitsleute waren supergründlich. Ich suche den Hausmeister, damit er die Schranke öffnen kann.«

»Nicht nötig.« Franzi ging in die Knie und kroch unter dem Gitter hindurch. »Das schaffen wir schon.«

Marie warf einen letzten Blick auf ihre neue weiße Jeans. Das würde nicht schmutzfrei abgehen. Das war klar. Aber sie würde sich an die Flecken auf den Knien schon irgendwie gewöhnen. Die Alternative für den heutigen Tag wäre gewesen, zu ihrer blauen Tunika mit dem Pferdchenmuster eine schwarze Stretchhose zu tragen. Das hätte allerdings nicht halb so gut ausgesehen. Also hatte sie sich für die weiße entschieden. Auch weil sie dachte, dass sie bei einem Stadtausflug mit Kim und Franzi nicht so schmutzig werden würde wie bei einer Ermittlung. Da hatte sie sich wohl getäuscht.

Sie tauchte unter dem Gitter hindurch und versuchte, mit den Knien nicht den Boden zu berühren. Die Idee war gut – theoretisch. Denn als sie sich auf der anderen Seite nach oben schwingen wollte, glitt ihre Hand ab und sie landete auf dem Po. So schnell sie konnte, rappelte sie sich auf und klopfte den Staub ab. Mist.

Kim war ihr auf allen vieren gefolgt und stand auch schon wieder auf den Beinen.

»Prima, dass ihr so sportlich seid«, lobte Frau Thiese. »Bevor ich euch alles erzähle und zeige, möchte ich euch Anna und Hendrik vorstellen. Die beiden werden Ottilie und Heinrich spielen. Das Brautpaar der Schönburger Hochzeit, die vor genau 500 Jahren stattgefunden hat. Die beiden warten im Holundergärtchen auf uns.«

Die drei !!! folgten Frau Thiese in den Innenhof und liefen durch ein steinernes Tor in einen kleinen Garten. Die Kieswege dort waren im Kreis angeordnet, am Rand standen Bänke

aus dunklem Holz, auf denen man sich niederlassen konnte. Holunderbüsche und Blumenbeete säumten die Wege. Die Holunderbeeren waren gerade geerntet worden, einige vertrocknete hingen allerdings noch an den Büschen.
In der Mitte des Rasenstücks stand ein Glaskasten mit etwas dunklem Viereckigen darin. Marie konnte es nicht so richtig erkennen. Neben dem Kasten warteten eine braunhaarige junge Frau und ein blonder Mann. Sie unterhielten sich angeregt, unterbrachen ihr Gespräch aber, als sie Frau Thiese bemerkten.
»Das sind die beiden! Hendrik und Anna!«, stellte Frau Thiese sie vor. »Und das hier sind Marie, Kim und Franzi. Maries Stiefmutter wird eine Dokumentation über unser Fest drehen. Kim schreibt einen Artikel für die Zeitung und Franzi ist dir bestimmt schon angekündigt worden, Hendrik, oder?«
Frau Thiese lachte freundlich und Hendrik zog seine Augenbrauen hoch.
»Franzi, die Pferdeflüsterin?«, fragte er. »Ich bin erleichtert, dass du so nett aussiehst. Vor Pferden habe ich wirklich Bammel.«
Franzi gab Hendrik die Hand. »Keine Sorge«, sagte sie. »In deinem Fall werde ich mich dann wohl eher als Reiterflüsterin betätigen müssen. Dein Pferd ist lammfromm, ich habe es vorhin schon kennengelernt. Eine gerade Strecke im Schritt zu reiten, ich verspreche dir, das bekommen wir hin.«
»Wenn du das dem Pferd genauso sagst, bin ich einverstanden.«
Hendrik sah von Franzi zu Anna, die sich allerdings gerade mit Kim unterhielt und ihm nicht zugehört hatte.

Marie merkte einen Moment der Enttäuschung auf seinem Gesicht, in der nächsten Sekunde hatte er sich jedoch schon wieder im Griff.

»Was ist denn das in dem Glaskasten?«, fragte Marie.

»Der Glaskasten ist ein ganz besonderer Tresor. Darin liegt ein uraltes Buch. Natürlich kann man es nicht herausnehmen und ansehen, denn die Temperatur und die Feuchtigkeit müssen überwacht werden. Und das kann nur der Glaskasten leisten«, erklärte Frau Thiese.

»Ist das das Buch, das morgen übergeben werden soll? *Das geheime Leben der Kräuter*?«, fragte Kim. »Ist ja überall als große Sensation angekündigt.«

Marie nickte zustimmend.

»Du hast recht, Kim. Das Buch von Prinzessin Ottilie war nun auf ihren Wunsch hin 500 Jahre unter Verschluss. Morgen soll es an die nächste noch lebende weibliche Verwandte der Prinzessin übergeben werden.« Frau Thiese strich Anna mit der Hand über den Oberarm. »Und diese Person ist Hilde Blomst. Die Kräuterfrau der Stadt und Annas Mutter. Sie ist jetzt schon sehr berühmt. Die Menschen kommen von weit her, um ihren Rat in Sachen Kräutern einzuholen.«

Anna lachte. »Und um Liebestränke zu brauen. Meine Mutter hört sich die Geschichten und Sorgen der Leute, die zu ihr kommen, sehr genau an und braut dann einen ganz individuellen Trank für sie. Sie ist eben eine würdige Nachfahrin von Ottilie. Deswegen freut sie sich auch so sehr auf das Buch. Sie hofft auf altes Kräuter-Geheimwissen.«

»Aber fangen wir doch am Anfang an«, schlug Frau Thiese vor. »Ich zeige euch das Schloss und erzähle euch dabei die Legende von Ottilie und Heinrich.«

»Unmöglich!«, rief in diesem Moment jemand. »Beginnt der ganze Wahnsinn etwa schon jetzt? Ich werde mich beschweren. An höchster Stelle. Ich gehe vor Gericht! Aber vorher schlage ich alles kurz und klein!« Ein älterer Herr lief mit einer Geschwindigkeit auf sie zu, die Marie ihm gar nicht zugetraut hätte. In der Hand hielt er einen Gehstock, den er aber nicht zum Gehen benutzte. Vielmehr fuchtelte er wütend damit herum.

»Herr Heuerlein«, versuchte Frau Thiese den alten Mann seufzend zu beschwichtigen. »Wir hatten das doch alles besprochen. Ich verstehe ja, dass Sie sich von den Menschenmassen und den Feierlichkeiten gestört fühlen. Aber Sie wohnen nun mal auf einer Burg, die zeitweise für die Öffentlichkeit zugänglich ist. Und wir hatten Ihnen angeboten, für die beiden Tage ein Hotel für Sie zu buchen!«

»Pah!«, zischte Herr Heuerlein. »Hotel! Dass ich nicht lache! Haben die etwa *mein* Bett in diesem Hotelzimmer? Meine Bücher? *Meinen* Plattenspieler? Nein, nein und noch mal nein. Außerdem muss jemand die Fische füttern. Verstanden? Ich werde hier gebraucht. Ich kann nicht einfach so in ein Hotel ziehen!«

»Das ist Ihre Entscheidung«, sagte Frau Thiese mit sanfter Stimme. »Unser Angebot steht!«

»Angebot, Angebot«, brummte Herr Heuerlein. »Sehen Sie zu, dass niemand vor meine Haustür pinkelt und irgendwelchen

Dreck hinterlässt. Denn *ich* werde das nicht sauber machen! Ist das klar?«

»Sonnenklar!«, meinte Frau Thiese und wandte sich wieder den drei !!! zu. »Wir machen weiter.«

Herr Heuerlein zog den Mund beleidigt zur Nase, drehte sich um und dampfte beinahe noch schneller ab, als er gekommen war.

»Waldemar Heuerlein wohnt schon seit zwei Jahrzehnten hier auf der Burg. Es ist jedes Jahr das gleiche Theater«, erklärte Frau Thiese. »Ich habe den Verdacht, dass er die Aufmerksamkeit, die er durch sein Gezeter erhält, heimlich genießt.«

»Heimlich ist gut.« Anna kicherte. »Für *heimlich* ist er ganz schön polterig.«

Als Herr Heuerlein nicht mehr zu sehen war, betraten sie die Burg.

In dem alten Gemäuer war es eiskalt. Marie holte die flauschige türkisfarbene Teddyjacke aus ihrem Rucksack und zog sie über. Eine schmale gewundene Steintreppe führte nach oben in einen großen, fast leeren Saal. In der Mitte stand ein schwerer dunkler Holztisch mit wuchtigen Stühlen, die Wand dahinter war mit einem bunten Teppich behängt, in den ein blühender Holunderbusch gewebt war. Vor dem Busch lag ein aufgeschlagenes Buch und daneben stand eine dampfende Tasse Tee.

Marie erinnerte sich daran, dass genau diese drei Dinge auch auf dem Wappen von Schönburg zu sehen gewesen waren. »Das ist ein ungewöhnlicher Teppich«, meinte sie. »Werden auf Wandbehängen sonst nicht eher Schlachten gezeigt?«

Frau Thiese nickte. »Ja, Schönburg ist wirklich sehr außergewöhnlich. Das hängt mit der uralten Legende zusammen, wegen der wir morgen die Hochzeit feiern. In dieser Burg wohnte vor gut 500 Jahren Prinzessin Ottilie mit ihren Eltern. Sie war das einzige Kind, und ihr Vater und ihre Mutter taten alles, damit es Ottilie gut ging. Schöne Kleider, gesundes, frisches Essen und einen geheizten Raum ganz für sich. Das war echter Luxus. Schon damals war der Garten voll mit verschiedenen Heilkräutern, denn Ottilies Mutter wusste, wie man Tinkturen, Salben und Tees zubereitete. Viele Menschen mit den unterschiedlichsten Gebrechen kamen zu ihr und sie half, wo immer sie konnte. Auch Ottilie interessierte sich sehr für Heilkunst und unterstützte ihre Mutter bei der Ernte der Kräuter, beim Anrühren der Salben und beim Brauen der Tinkturen und Tränke.«

»Das ist ja toll!« Maries Augen begannen zu leuchten. »Die beiden waren also so was wie Kräuterhexen?«

Frau Thiese nickte. »Das war das Problem. Missgünstige Menschen munkelten, dass die beiden sich auch mit Magie beschäftigten, aber das stimmte nicht. Es ging immer nur um den medizinischen Teil. Weil er um die Berufung der beiden wusste, brachte Ottilies Vater eines Tages von einer Orient-Reise ein Buch mit, das geheimes Wissen über Kräuter und Pflanzen enthalten sollte. Leider war es auf Persisch. Das konnte niemand lesen. Ottilie und ihre Mutter bedauerten das sehr. Sie waren furchtbar neugierig auf das alte persische Wissen in diesem Buch.«

»Warum haben sie es nicht übersetzen lassen?«, fragte Kim.
»Das war zur damaligen Zeit noch nicht so einfach. In ihrem Umkreis gab es niemanden, der Persisch konnte. Und das Internet war noch nicht erfunden worden.« Frau Thiese lächelte. Dann fuhr sie fort. »An ihrem sechzehnten Geburtstag trank Ottilie eine Tasse heißen Holunderblütentee, den ihr ihre Mutter hingestellt hatte, saß am Fenster und betrachtete die blühenden Holunderbüsche im Garten. Dann fielen ihr die Augen zu und sie träumte so lebhaft wie noch niemals zuvor: Ein Ritter mit Namen Heinrich kam aufs Schloss. Er war stattlich und sah sehr gut aus. Doch damit nicht genug. Er konnte das persische Buch übersetzen! In ihrem Traum verliebte sich Ottilie in Ritter Heinrich. So heftig, dass sie an nichts anderes mehr denken konnte. Als sie erwachte, griff sie zu Farben und Leinwand und malte ihn. Sie hängte das Porträt auf und betrachtete es jeden Tag. Auf ihn wollte sie warten. Und ihn und nur ihn wollte sie heiraten!
Doch ihr Vater hatte andere Pläne. In den nächsten Wochen ließ er einen Heiratskandidaten nach dem anderen auf die Burg kommen. Ottilie allerdings wollte keinen von ihnen. Sie wollte Heinrich.
In ganz Schönburg ging das Gerücht um, Ottilie sei verrückt geworden. Liebeskrank wegen eines Traumritters. Ihre Eltern machten sich große Sorgen um sie.«
»Kann ich irgendwie verstehen«, meinte Kim.
»Doch da begann das Wunder.« Frau Thieses Augen fingen an zu leuchten. »Die Holunderbüsche im Garten verblühten in

diesem Jahr nicht und standen auch im Oktober noch in voller Blüte. Und immer, wenn eine Tasse Holunderblütentee vor Ottilie stand, wurde der nicht kalt.
An einem sonnigen Tag, an dem Ottilie im Garten unter dem blühenden Holunder saß, ihren seit Stunden warmen Tee trank und in dem rätselhaften persischen Buch blätterte, stand plötzlich ein Ritter auf einem Pferd neben ihr. Zuerst erschrak sie, denn niemand durfte einfach auf die Burg kommen, doch als der Ritter seinen Helm abnahm, fürchtete sie sich nicht mehr. Dieser Ritter sah genau aus wie der Ritter Heinrich in ihrem Traum.«
»Aber das kann doch gar nicht so passiert sein«, wandte Franzi ein. »Unmöglich.«
»Es ist eine Legende. Die Legende von Schönburg«, sagte Frau Thiese. »So wird sie eben erzählt.«
»Und wie geht es weiter?«, fragte Marie aufgeregt. »Ist Ritter Heinrich auch in Ottilie verliebt? Die beiden kriegen sich doch, oder? Schließlich feiern wir morgen ihre Hochzeit nach.«
»Jaja, keine Sorge!«, antwortete Anna und lachte. »Morgen heirate ich Ritter Heinrich und keinen anderen.« Sie sah sich um. »Wo ist Hendrik denn überhaupt?«
»Der ist gar nicht mit uns die Treppe hochgestiegen«, meinte Franzi. »Vielleicht musste er vor Aufregung aufs Klo. Schließlich hat er gleich Reitunterricht bei mir.«
»Komisch«, sagte Anna. »Eigentlich wollten wir den Text noch mal durchgehen. Ich suche ihn. Komme gleich wieder.« Damit eilte sie durch die Halle und war weg.

»Wie geht denn die Legende nun weiter?«, fragte Marie.

»Ritter Heinrich stieg ab und verliebte sich sofort in die schöne Ottilie. Er setzte sich zu ihr unter den Holunderbusch und trank mit ihr eine heiße Tasse Holunderblütentee. Sie fingen sofort an zu plaudern und zu Ottilies Freude wusste Heinrich viel über Pflanzen. Dann bedankte er sich in einer für Ottilie fremden Sprache. Sie fragte ihn, was seine Worte bedeuteten, und es stellte sich heraus, dass es Persisch war. Er hatte das Buch gesehen und gedacht, Ottilie verstünde den Dank.« Frau Thiese lächelte. »Ritter Heinrich blieb. Erst zum Abendessen und dann den nächsten und übernächsten Tag. Ottilies Vater war gerührt vom Glück seiner Tochter und stimmte der Hochzeit zu. Die fand schon vierzehn Tage später statt, unter dem großen Holunderbusch, unter dem wir vorhin im Garten standen und unter dem morgen Anna und Hendrik stehen werden.«

»Wenn Heinrich Persisch sprach, dann konnte er doch auch das Kräuterbuch übersetzen, oder?«, unterbrach Marie Frau Thiese.

Frau Thiese nickte. »Richtig. In den nächsten Monaten übersetzte Heinrich das Buch. Ottilie war überglücklich, aber sie bemerkte schnell, dass das Wissen im Buch, das Heinrich mit *Das geheime Leben der Kräuter* übersetzte, zu gefährlich für die damalige Zeit war. Sie wollte ihren Kritikern nicht noch mehr Argumente an die Hand geben. Viele dachten ja bereits, dass ihre Heilkunde Hexenwerk sei. Es wurde damals sogar gemunkelt, dass sie Ritter Heinrich eine Art Liebestrank in den Tee getan hätte, um ihn für sich zu gewinnen. Also verfügte sie Folgendes: Die Übersetzung des Buches sollte weggesperrt werden

und erst in 500 Jahren der nächsten noch lebenden weiblichen Verwandten gegeben werden.«
»Und das ist eben Annas Mutter Hilde«, erinnerte sich Franzi an das Gespräch im Holundergarten. »Hat denn wirklich niemand in den letzten 500 Jahren in das Buch und seine Übersetzung hineingeschaut?«
Anna, die mit Hendrik im Schlepptau gerade wieder aufgetaucht war, schüttelte den Kopf. »Ottilies Wunsch wurde all die Jahre respektiert. Erst morgen werden wir wissen, was Ottilie damals für so aufsehenerregend hielt, dass sie es lieber unter Verschluss halten wollte.«
Marie knetete ihre Hände. Das klang alles noch viel aufregender, als sie es sich vorgestellt hatte! Schade, dachte sie, dass das Wunder mit den blühenden Holunderbüschen und dem immer dampfenden Tee sich zur 500-Jahr-Feier nicht eingestellt hatte. Es war nur eine Legende, ermahnte sie sich selbst.
Marie trat ans Fenster und betrachtete die Holunderbüsche, die schon kahl wurden. Von hier oben konnte sie sogar den Glastresor sehen.
Doch Moment mal.
Was war das? Das konnte, das durfte einfach nicht wahr sein!
Marie erstarrte.
Sie öffnete den Mund, doch es kam kein Laut heraus.
»Was ist?«, fragte Franzi besorgt.
Marie deutete hektisch auf den Tresor im Holundergarten. Ihre Stimme streikte noch immer, sie brachte nur ein krächzendes »Weg!« hervor.

»Weg? Was meinst du damit?« Kim trat zu Marie ans Fenster. Sofort sah sie, dass der Tresor geöffnet worden war und das Buch fehlte.
»Schnell, alle runter in den Holundergarten, es ist etwas Schreckliches passiert!«, rief sie und stürmte hinaus.
Marie konnte endlich wieder sprechen: »Das Buch … das Buch ist gestohlen worden!«
»Nein«, schrie Frau Thiese. »Ganz unmöglich. Die Burganlage ist abgesperrt. Hier kommt niemand rein.« Sie reckte die Hände in die Luft und rannte nach draußen.
Franzi, Marie, Anna und Hendrik folgten ihr.
Marie stolperte über einen Stein, der nicht richtig im Kopfsteinpflaster des Burghofs eingelassen war, doch Franzi packte sie am Arm und zog sie nach oben, bevor sie auf dem Boden landete.
»Danke«, sagte Marie und ein warmes Gefühl breitete sich in ihrem ganzen Körper aus. Auf der einen Seite war es selbstverständlich, dass Franzi sie aufgefangen hatte. In dieser Situation hätte das jeder getan. Aber da war noch etwas anderes. Das Gefühl, von Franzi und Kim IMMER aufgefangen zu werden, wenn sie es nötig hatte. So wie das nur echte Freundinnen konnten. Sie lächelte Franzi an. »Du bist die Beste!«
Franzi machte große Augen. »Nicht der Rede wert. Und jetzt komm. Ich glaube, wir haben einen neuen Fall!«

Frau Thiese stand mit hängenden Schultern und zitternden Händen vor dem offenen Glastresor. »Ich verstehe das einfach nicht«, murmelte sie wieder und wieder. »Der Tresor war bombensicher. Und er sieht immer noch unversehrt aus. Wie ist das möglich?«

»Meine Mutter wird durchdrehen«, meinte Anna. »Sie malt sich seit Monaten aus, wie es sein wird, die Rezepte aus dem alten Buch ausprobieren zu können.«

»Mach dir keine Sorgen.« Hendrik zog Anna dicht an sich heran und umarmte sie. »Das Buch taucht sicher wieder auf. Der Dieb kann noch nicht weit damit gekommen sein. Die Polizei wird ihn bald dingfest machen.«

Kim suchte in ihrem Geldbeutel nach einer Visitenkarte und reichte sie Frau Thiese. »Wir sind meistens ein wenig schneller«, meinte sie. »Es ist wirklich sehr ärgerlich und sehr rätselhaft. Aber rätselhafte Dinge sind unsere Spezialität. Franzi, Marie und ich sind Detektivinnen. Und wir haben schon sehr viele Fälle erfolgreich gelöst.«

Frau Thiese nahm die Karte und las sie. Aus irgendeinem Grund schien sie das zu beruhigen, denn ihre Hände hörten auf zu zittern. »*Die drei !!!. Wir lösen jeden Fall.* Glaubt ihr, ihr könnt das Buch bis morgen wieder auftreiben?«, fragte sie hoffnungsvoll.

»Wir werden es zumindest versuchen. Versprechen können wir natürlich nichts«, antwortete Kim und zog eine ihrer Tüten für die Beweisstücke aus dem Rucksack. Dann sagte sie ernst: »Das hier ist nun ein Tatort. Bitte fasst nichts an und sagt mir, wenn ihr etwas Verdächtiges bemerkt.«

»So wie das?« Anna löste sich aus der Umarmung mit Hendrik und zeigte auf ein Bonbonpapier, das direkt neben dem Tresor lag.

»Genau!« Kim klaubte mit einer Pinzette das Papierchen auf und ließ es in die Tüte gleiten. »Das Bonbon heißt *Bronchiwell.* Es ist also gut für die Bronchien. Möglicherweise hat der Täter Husten«, kombinierte sie.

»Muss nicht sein, ich kenne die Bonbons. Die schmecken superlecker, auch ohne Husten«, meinte Franzi. »Was ich aber richtig verdächtig finde, ist, dass der Tresor so unbeschädigt aussieht. Und die Alarmanlage hat auch nicht losgeheult. Das geht eigentlich nur, wenn der Täter die Zahlenkombination gewusst hat. Oder einen anderen Trick hatte, der keine Spuren hinterlässt«, überlegte sie weiter. »Frau Thiese, wer außer Ihnen kennt denn die Zahlenkombination?«

»Niemand«, antwortete die Bürgermeisterin. »Ich weiß sie selbst nicht auswendig. Sie liegt im Tresor in meinem Büro im Rathaus. Da kommt keiner ran!«

»Fällt Ihnen jemand ein, der ein Interesse daran hat, dass die

Schönburger Hochzeit morgen nicht stattfindet?«, fragte Kim, die ihr Detektivheft ausgepackt hatte und bereit war, sich alles Wichtige zu notieren.
Frau Thiese zuckte kraftlos mit den Schultern und schüttelte den Kopf. »Nein, alle waren Feuer und Flamme, das 500-jährige Jubiläum so feierlich wie möglich zu begehen. Ich wüsste nicht, wer etwas dagegen haben sollte. Durch den Besuch der Touristen machen die Hotels und Restaurants ein Riesengeschäft und die Budenbesitzer freuen sich auch auf das Fest. Und dieses Jahr natürlich noch mehr.« Sie seufzte. »Nun, einer würde mir einfallen, aber den habt ihr schon kennengelernt.« Sie deutete auf die Tür, hinter der Waldemar Heuerlein wohnte. »Allerdings kann ich mir beim besten Willen nicht vorstellen, dass er technisch so versiert ist, das Buch hier herauszuholen, ohne Spuren zu hinterlassen.«
»Das werden wir auf jeden Fall überprüfen«, sagte Marie.
Frau Thiese sah auf ihre Armbanduhr. »Es tut mir wahnsinnig leid, aber ich muss mich verabschieden. In zehn Minuten habe ich ein Treffen mit dem Ministerpräsidenten. Und ich muss mir wenigstens vorher noch einmal die Zähne putzen.« Sie gab den drei !!! die Hand. »Ich verlasse mich auf euch! Findet das Buch. Bitte!«

Pausenjause und Schmalztiegel

Nachdem sich Anna ebenfalls verabschiedet hatte und Franzi und Hendrik zur angrenzenden Pferdekoppel aufgebrochen waren, um Aufsitzen und Schrittreiten zu üben, beschlossen Kim und Marie, in der Burganlage zu bleiben.

»Dieser Herr Heuerlein ist der Einzige, von dem wir wissen, dass er ein Motiv hat«, sagte Kim entschlossen. »Wir werden mal nachsehen, ob er zu Hause ist.«

Möglichst unauffällig näherten sie sich der Eingangstür des alten Herrn. »Mist, die Rollläden an den Fenstern sind alle heruntergelassen, da kann man gar nichts sehen«, meinte Marie enttäuscht.

Kim klingelte. Niemand machte auf. »Lang kann er nicht wegbleiben. Er muss schließlich seine Fische füttern.« Sie grinste.

»Willst du wirklich den ganzen Nachmittag hier warten?«, fragte Marie ungeduldig. »Wir können später noch einmal herkommen. Ich würde vorschlagen, wir werfen uns ins Getümmel und halten Augen und Ohren offen.«

Kim stimmte zu und gemeinsam kletterten sie erst unter der

Absperrung durch und gingen dann über die Brücke in den Burggraben.
Frauen in mittelalterlichen Kleidern liefen mit Weidenkörben voller Gemüse zwischen den Gästen umher. Die Männer trugen Leinenhosen und Leinenhemden, die sie mit fransigen Gürteln festgebunden hatten. In den Gürteln steckten Messer.
Auf einer Bühne spielte eine junge Frau mit langen blonden Zöpfen Flöte und eine zweite brachte ein paar Zuschauern die Schritte für den mittelalterlichen Tanz bei.
Eine Menschentraube drängte sich um eine Gauklertruppe, die mit Feuerfackeln jonglierte.
Marie staunte. Das sah ganz schön gefährlich aus. Sie hatte selbst einmal versucht zu jonglieren, es aber gleich wieder aufgegeben, weil sie sich schon mit zwei Bällen überfordert gefühlt hatte. Umso genauer betrachtete sie nun die Frau im gestreiften Kostüm, die einen Handstand machte und mit den Füßen drei Bälle in der Luft halten konnte. Als ihr Kollege ihr den vierten Ball zuwarf, merkte Marie, wie sie den Atem anhielt. Aber es klappte. Die Gauklerin jonglierte die vier Bälle geschickt mit den Füßen im Kreis. Dann sprang sie auf die Beine und verbeugte sich direkt vor Marie und sah ihr in die Augen. Etwas an ihrem Gesicht war ungewohnt, fand Marie. Sie überlegte, was es war, als sie bemerkte, dass die Gauklerin zwei verschiedenfarbige Augen hatte. Die Frau zwinkerte Marie zu und schwang sich wieder in den Handstand.
»Komm.« Kim zupfte Marie am Ärmel. »Lass uns mal sehen, was Franzi und Hendrik so machen.«

Sie schlugen den Weg Richtung Koppel ein, als sie Zeuginnen eines lauten Wortwechsels wurden.
»Du Betrüger! Das Zeug gehört überhaupt nicht hierher. Das gab es im Mittelalter noch gar nicht!«
»Du bist nur neidisch, weil niemand deine langweiligen Fladen essen möchte. Selber schuld! Und wenn Kunden kommen, so wie vorhin, dann bist du weg. Du hättest bestimmt zwanzig deiner Uralt-Brote verkaufen können, aber die Touristen sind dann zu mir gekommen.«
»Es ist meine Sache, wann und warum ich nicht am Stand bin, verstanden?«
»Dann beschwer dich auch nicht, dass du zu wenig Kohle hast.«
Marie deutete auf einen der beiden Männer, die sich inmitten der Menschenmenge lauthals stritten. »Ist das nicht der Verkäufer vom Fladenstand?«
Kim nickte. »Stimmt. Warum ist er denn so wütend? So ein Gebrüll vor allen Besuchern ist nicht unbedingt geschäftsfördernd.«
Neugierig gingen sie näher heran.
»Du machst mir mit deinen neumodischen Schmalzkringeln das Geschäft kaputt«, schrie der Mann von der *Pausenjause* weiter. »Ist dir schon einmal aufgefallen, Hannes, dass es hier nur Stände gibt, die verkaufen, was es im Mittelalter auch schon gab? Leder, Leinen, Holzschüsseln ... aber der feine Herr Wolter setzt sich einfach über alles hinweg und macht, was er will.«
»Das ist doch Unsinn, Günther«, unterbrach Hannes Wolter.
»Dann dürfte hier niemand ein Handy haben oder eine mo-

derne Brille tragen. Und du zündest dein Feuer ja auch mit einem Feuerzeug an, oder etwa nicht?«

»Das ist doch etwas anderes! Ich verkaufe schließlich keine Feuerzeuge. Meine Rezepte für die Fladen sind original aus dem Mittelalter. Weißt du was? Du kannst mich mal! Diese ganze scheinheilige Veranstaltung kann mich mal. Ihr werdet schon sehen. Ich habe einen Plan. Und danach wird die Welt ganz anders aussehen, das kannst du mir glauben.« Damit verschwand er in seiner Imbissbude.

Kim und Marie sahen einander an. Scheinheilige Veranstaltung? Ein allesverändernder Plan? Das klang ganz danach, als hätte noch jemand ein Motiv, die Hochzeit morgen zu stören. Und wenn sie richtig verstanden hatten, war Günther eine Zeit lang nicht in seiner Bude gewesen. Genau zu der Zeit, als das Buch gestohlen wurde.

Ohne sich abzusprechen, schlugen beide zielstrebig den Weg zur *Pausenjause* ein.

Obwohl sich viele Menschen vorbeidrängelten, stand niemand an, um sich einen Fladen zu kaufen.

Kim und Marie konnten also frei sprechen.

Der Besitzer erkannte sie wieder. »Immer noch Hunger?«, fragte er.

Kim schüttelte den Kopf. »Wir haben gerade Ihre Auseinandersetzung mit dem Herrn dort drüben mitbekommen. Um was ging es denn?«

Günther Lamprecht runzelte die Stirn und starrte Kim böse an. »Warum willst du das wissen? Das geht dich nichts an.«

»Sie haben es ja nicht gerade im Geheimen besprochen«, entgegnete Marie und lächelte.
Günther Lamprecht musste grinsen. »Wo du recht hast, hast du recht. Mich ärgert es, dass Hannes hier diese fetttriefenden Schmalzkringel mit Knoblauch oder Nuss-Nugat-Creme verkauft. Soll er doch auf den Rummel gehen, hierher, zum Mittelalterfest, passt es einfach nicht. Es verpatzt die ganze Atmosphäre. Das habe ich ihm an den Kopf geworfen.«
»Aber was Sie noch mehr ärgert, ist, dass viele Besucher diese Schmalzkringel lieber essen als Ihre Fladen, stimmt's?«, vermutete Marie.
Der Imbissbudenbesitzer zuckte seufzend mit den Schultern. »Lief schon mal besser«, gab er zu und senkte traurig den Blick. »Aber das ist es nicht, was mich am meisten ärgert. Die Schönburger Hochzeit ist einfach nicht mehr das, was sie mal war. Dieses ganze Gedöns für die Touristen. Bis vor einiger Zeit war es ein ganz normales gemütliches Stadtfest.«
Marie überlegte. »Ihr Konkurrent meinte, Sie wären eine Zeit lang nicht da gewesen. Wo waren Sie?«
Nun verfinsterte sich der Gesichtsausdruck von Günther Lamprecht wieder.
»Das geht mir jetzt zu weit. Ich bin euch doch keine Rechenschaft schuldig, wann und wie lange ich wo bin. Das ist meine Sache.« Er wandte sich ab, rührte mit einem Holzlöffel in einer Schüssel und machte keine Anstalten, sich noch einmal umzudrehen.
»Mehr kriegen wir aus dem jetzt nicht raus«, flüsterte Kim.

»Lass uns zu Franzi und Hendrik auf die Koppel gehen. Ich würde allerdings gerne hinter den Ständen entlanglaufen, hier ist es mir einfach zu voll.«
Marie nickte. Kim hatte immer schon große Platzangst, und auch wenn es in letzter Zeit besser geworden war, vermied sie Situationen mit zu vielen Menschen oder Orte mit zu wenig Platz.
Sie stiegen über Kabel und Anhängerkupplungen auf die Rückseite der Buden.
Marie hörte, wie Kim aufatmete.
»Keine Hektik, keine Ellenbogen, nur der Abfall der Buden und …« Sie stutzte und hob einen Zettel vom Boden auf. Sie faltete ihn auf und las. »Das ist ja interessant«, murmelte sie. »Schau mal.«
Marie trat zu ihr und guckte ihr über die Schulter. Der Brief war an Günther Lamprecht adressiert.
2. Mahnung, stand darauf. Der Absender war die Stadt Schönburg. In dem Schreiben wurde Günther Lamprecht mitgeteilt, dass der Platz im Burggraben nächstes Jahr an einen Mitbewerber der Warteliste vergeben werden würde, wenn er nicht innerhalb der nächsten zehn Werktage die Gebühr für seinen Essensstand *Pausenjause* in Höhe von 4.500 Euro zahlte.
»Das ist heftig«, meinte Kim. »4.500 Euro sind kein Pappenstiel. Kein Wunder, dass er so gegen den *Schmalztiegel* wettert.«
Marie nickte und fotografierte das Schreiben ab. »Wahrscheinlich hat Günther Lamprecht es vor Wut aus dem Fenster geworfen. Aber möglicherweise besinnt er sich noch einmal und zahlt doch?«

»Oder er hat einen ganz anderen Plan?«, überlegte Kim. »Er hätte die Möglichkeit gehabt, das Buch zu stehlen. Vielleicht will er die Stadt damit erpressen?«
»Ich weiß nicht. Dann müsste Frau Thiese seine Forderungen bekommen haben. Und darüber hätte sie uns sicher informiert.«
»Oder sie trinkt noch Tee mit dem Ministerpräsidenten ...«
»Du hast recht.« Marie gab sich geschlagen. »Wir müssen Günther Lamprecht im Auge behalten. Er hat ein Motiv, sich an der Stadt und an der ganzen Schönburger Hochzeit zu rächen.«

Kim und Marie schafften es zur Pferdekoppel, ohne sich noch einmal ins Getümmel stürzen zu müssen. Es dämmerte bereits und auf dem mittelalterlichen Markt hinter ihnen wurden die ersten Fackeln angezündet. Sie liefen den Graben entlang auf die Rückseite der Burg, wo sich die Koppel mit den Pferden befand, und hörten Franzi schon von Weitem loben: »Sehr gut, Hendrik! Jetzt sitzt du gerade. Und lobe Miranda. Prima.«
»Franzi würde sogar einer Maus das Reiten beibringen. Sie ist unglaublich geduldig. Bei ihr fühlt man sich einfach sicher«, schwärmte Kim.
»Einer Maus? Na, die muss dann aber ohne Sattel reiten«, kicherte Marie. »Aber stimmt schon. Franzi ist die beste Reitlehrerin, die ich kenne. Weil sie mit allen Pferden klarkommt – sie redet mit ihnen und dann vertrauen sie ihr blind und machen, was sie sagt.« Sie winkte Franzi zu, die ihre Freundinnen gerade bemerkt hatte und ebenfalls winkte.

»Na, wie läuft's?«, fragte Marie Hendrik, der mit roten Wangen und einem seligen Lächeln auf einer braunen Stute saß.
»Das klappt morgen wie am Schnürchen«, antwortete Franzi für Hendrik. »Hendrik weiß es nur noch nicht! Miranda aber schon.«
»Meinst du wirklich?« Hendrik sah Franzi hoffnungsvoll an.
»Aber hallo! Du wirst der edelste Ritter hoch zu Ross sein, den Schönburg je gesehen hat! Zum Schluss üben wir noch einmal das Absteigen. Bist du bereit?«
Hendrik nickte und ließ sich in Zeitlupe von Mirandas Rücken gleiten. Als er wieder festen Boden unter den Füßen hatte, schlang er seine Arme um den Pferdehals und schmiegte seine Wange an das Fell der Stute. Die schnaubte zufrieden.
»Danke«, sagte er. »Ich habe keine Angst mehr. Im Gegenteil. Ich finde es sogar schön, auf Mirandas Rücken zu sitzen, und sie riecht toll! Das hätte ich vor einer Stunde noch nicht für möglich gehalten. Und das alles habe ich dir zu verdanken.«
Franzi lachte und winkte ab. »Ach was. Das ist doch alles kein Hexenwerk. Habe ich gerne gemacht!« Sie tätschelte den Hals der Stute. »Außerdem ist Miranda ein tolles Pferd. So ausgeglichen. Und sie versteht einfach alles.«
Miranda stupste erst Franzi und dann Hendrik sanft mit dem Maul an. »Seht ihr?«, fragte Franzi.
»Das ist echt beeindruckend. Ich werde noch zum Pferdefan«, sagte Hendrik. Dann sah er auf die Uhr und erschrak. »Ich muss los«, meinte er und klopfte sich ein paar Pferdehaare von der Fleecejacke. »Wir sehen uns morgen.«

»Jetzt sind die drei !!! wieder vollständig«, meinte Kim zufrieden. »Zu dritt ermittelt es sich einfach leichter.«
Sie erzählte Franzi, was im Burggraben vorgefallen war und dass sie neben Waldemar Heuerlein nun einen zweiten Verdächtigen hatten: Günther Lamprecht.
»Ich finde das ganz richtig, was er sagt«, meinte Franzi. »Auf einem Mittelaltermarkt dürften nur Waren verkauft und dargeboten werden, die es damals auch schon gab. Da wäre ich sehr streng. Und wenn dieser Hannes Wolter ihm mit dem neumodischen Kram das Geschäft kaputt macht, kann ich verstehen, dass er sauer und wütend ist.«
»Stimmt schon«, pflichtete Kim ihr bei. »Aber glaubst du auch, dass er das Buch gestohlen hat?«
Bevor Franzi antworten konnte, rief Marie: »Guckt mal. Das runde Zelt da drüben. Das gehört Hilde Blomst, Annas Mutter!«
»Hey, warte mal«, rief Kim. »Wir wollten doch den Fall besprechen.«
Aber Marie war schon in der Menschenmenge verschwunden.

Kräuterwissen

Marie stand versonnen vor einem Plakat, das von außen an dem Zelt angebracht war:
Ist die alte Liebe ein wenig eingerostet? Oder sind Sie heimlich verliebt? Kein Problem. Brauen Sie sich Ihren ganz persönlichen Liebestrank. Wirkung garantiert! Kommen Sie herein. Ich berate Sie gerne.
Marie wusste es sofort. Das war die Lösung für ihr Liebesbauchziehen! Holger und sie hatten nämlich richtige »Treppenwochen« hinter sich. Es war ständig auf und ab gegangen und sowohl sie als auch Holger hatten sich des Öfteren danebenbenommen. Und dabei wollte sie doch nichts lieber, als sich mit Holger zu vertragen.
Marie bemerkte Kim und Franzi hinter sich und strahlte. »Das ist super! So einen Trank braue ich für Holger und mich!«
»Immer noch Stress wegen Lilo, dieser bildschönen Nachhilfelehrerin?«, fragte Franzi verwundert. »Ich dachte, ihr hättet das geklärt?«
Marie verzog grummelig Nase und Mund. »Für *ihn* ist es ge-

klärt. Er sagt, er will nichts von ihr, aber ich kämpfe trotzdem mit fiesen Eifersuchtsattacken. Ich komme einfach nicht aus meiner Haut.«

In letzter Zeit hatte Holger, Maries Freund, immer häufiger Probleme mit Mathe gehabt. Erst hatte er versucht, die Lücken mit mehr Lernen zu schließen, aber das hatte nicht geklappt. Und Marie hatte sehr darunter gelitten, dass Holger seitdem viel weniger Zeit für sie gehabt hatte. Sie selbst hatte den Nachhilfe-Vorschlag gemacht. Dass Lilo, Holgers Nachhilfelehrerin, aber so jung, hübsch und nett sein würde, damit hatte sie nicht gerechnet.

»Du weißt aber schon, dass du dich auf Holger verlassen kannst? Er liebt dich so sehr, dass ihm die rosa Zuckerwatte zu den Ohren rausquillt, wenn er dich ansieht. Das ist total süß! Allerdings wäre es ermittlungstechnisch von Vorteil, mit Hilde Blomst zu sprechen«, meinte Kim. »Wenn du einen Liebestrank brauen möchtest, könnten wir sozusagen mit verdeckten Karten spielen. Wir könnten sie ganz diskret befragen. Schließlich ist sie die eigentlich Bestohlene. Morgen wäre das Buch in ihren Besitz übergegangen.«

»Dann ist die Sache also gebongt. Ich werde einen Termin ausmachen und wir profitieren alle«, meinte Marie und zog den schweren Samtvorhang, der vor dem Zelteingang hing, zur Seite. Als sie jedoch Annas Stimme hörte, hielt Marie inne und legte den Zeigefinger auf die Lippen. Kim und Franzi verstanden sofort.

»Mama, das ist eine Katastrophe«, sagte Anna gerade. »Unsere

Zukunftspläne, unsere Träume, unser Geschäft. Das geht jetzt alles nicht mehr. Wer hat uns das nur angetan? So kurz vor dem Ziel?«

»Wir verstecken uns besser eine Zeit lang im Vorhang«, flüsterte Marie. »Das könnte interessant werden.«

»Kindchen, mach dir keine Sorgen«, antwortete eine dunklere Stimme. »Wir sind bisher doch auch ganz gut über die Runden gekommen. Dann machen wir eben einfach so weiter. Wer weiß, ob die neuen Rezepte wirklich den Erfolg gebracht hätten, den wir uns erträumt haben.«

»Sie nimmt das Ganze ziemlich gelassen auf«, sagte Marie leise. »Bewundernswert.«

»Mama, ist dir klar, was das bedeutet? Morgen wird es keine feierliche Übergabe geben! Jemand hat dich um dein rechtmäßiges Erbe gebracht. Nicht nur, dass das alte Kräuterwissen verloren geht, das Buch ist richtig wertvoll. Wie kannst du so ruhig bleiben, wenn du zehntausende Euro verlierst?« Anna klang aufgebracht. »Und wenn du sie verlierst, verliere ich sie ja auch!«

»Erfahrung, mein Schatz, sicher ist es für irgendetwas gut ...«

»Ich verstehe dich einfach nicht, Mama. Ich weiß gar nicht, wie ich mit Hendrik jetzt den Text durchgehen soll. Das hat doch alles keinen Sinn. Wahrscheinlich wird das Schauspiel morgen sowieso abgeblasen!« Anna schrie nun beinahe und stürmte aus dem Zelt. Beinahe hätte sie Kim umgerannt, die sich in diesem Augenblick aus dem Vorhang schälte.

»'tschuldigung«, murmelte Anna. Sie rannte geradeaus und nahm die drei !!! gar nicht richtig wahr.

»Die ist aber durch den Wind«, meinte Franzi. »Da hat sie sich vorhin ja ganz schön zusammengerissen.«
»Ich hab auch nicht bemerkt, dass es ihr so viel ausmacht«, gestand Kim. »Allerdings hat sich Hendrik gut um sie gekümmert.«
Die drei !!! betraten das Zelt. Es roch intensiv nach Pfefferminze und Kamille. Gemischt mit dem süßlichen Duft von Vanille und dem dunklen, kräftigen Patschuli. Von der Decke hingen Sträuße mit getrockneten Kräutern, und auf dem Tisch stand eine altertümliche Waage, in deren Schale eine schlanke Frau mit langen braunen Haaren getrocknete Pilze aus einem Glas schüttete. Durch ihre Stupsnase und die vielen Sommersprossen auf den Wangen wirkte sie sehr jugendlich. Das musste Hilde Blomst sein.
Die Frau sah auf und lächelte freundlich. »Kann ich euch helfen?«, fragte sie.
Marie nickte. »Ich interessiere mich für einen Liebestrank.«
Hilde Blomst verschloss das Pilzglas mit einem Schraubdeckel und stellte es ins Regal zurück. Dann schüttete sie die abgewogenen Pilze in eine Papiertüte und verklebte sie.
»Nur du oder ihr beiden auch?«, fragte sie. »Ihr müsst wissen, Liebestrank ist nicht gleich Liebestrank. Ich muss mit euch reden, eure Liebe oder Verliebtheit kennenlernen. Nur dann weiß ich, welche Zutaten wichtig sind.«
Maries Wangen glühten vor Aufregung. Ein Liebestrank, nur für Holger und sie. Etwas Romantischeres konnte sie sich nicht vorstellen.

Kim kicherte. »Nein, ich brauche so einen Mi… äh … so einen mysteriösen Trank nicht.«
Marie sah ihre Freundin strafend an. Da hatte Kim aber gerade noch mal die Kurve gekriegt. Natürlich wusste sie, dass für Kim alles, was sie sich nicht wissenschaftlich erklären ließ, Unfug war. Und ein Liebestrank gehörte eindeutig dazu.
Hilde Blomst zuckte bedauernd die Schultern. »Leider schaffe ich es heute nicht mehr. Bist du morgen auch in Schönburg?«, fragte sie Marie. »Um sieben hätte ich eine Stunde frei.«
»Um sieben Uhr früh?«
Hilde Blomst nickte. »Der letzte freie Termin. Willst du?«
Marie strahlte. »Klar!«, sagte sie. »Wir sehen uns morgen! Danke!«

»Das heißt, dass wir morgen um sechs aufstehen müssen.« Franzi seufzte, als sie aus dem Zelt traten. »Na ja, das Wochenende war ja auch nicht als Wellnessveranstaltung geplant.«
»Nee, nur *ich* muss aus den Federn«, meinte Marie. »Ihr dürft ausschlafen.«
»Du glaubst doch nicht allen Ernstes, dass wir dich bei dieser wichtigen Sache allein lassen!« Kim sah Marie empört an. »Wir kommen mit, das ist ja wohl selbstverständlich.«
Marie schämte sich. Möglicherweise hatte sie Kim im Zelt unrecht getan? Vielleicht war sie doch offener für die Kräuter-Liebestrank-Sache, als es den Anschein gehabt hatte?
»Echt, ihr begleitet mich? Das finde ich wirklich super!«, sagte Marie und sah Kim und Franzi gerührt an. »Dann hat Frau

Blomst ein viel vollständigeres Bild von Holger und mir. Ihr kennt mich schließlich in- und auswendig.«

»Du bist süß. Glaubst du wirklich, wir können dazu etwas beitragen?«, fragte Franzi.

»Na klar. Ihr seid meine besten Freundinnen!«

»Wenn du dir das wünschst, kann ich gerne etwas zu Holger und dir sagen«, meinte Franzi. »Ich glaube aber, Kim hatte vor allem den Ermittlungsaspekt im Sinn.«

Kim nickte. »Ich finde deinen Termin morgen spitze, denn Hilde Blomsts Verhalten ist irgendwie merkwürdig. Wie würde es euch gehen, wenn ihr euch auf etwas seit vielen Jahren freut, ja sogar beruflich darauf gebaut hättet, und dann zerplatzt alles kurz davor?«

Franzi klatschte in die Hände. »Es ist nicht gerade warm. Wollen wir unser Detektivtreffen nicht in das bunte Teezelt da drüben verlegen? Dann kann ich auch noch mal in Ruhe über alles nachdenken, was ihr mir gerade über die beiden Streithammel Günther Lamprecht und Hannes Wolter erzählt habt.«

Kim und Marie waren einverstanden. Marie nahm Kim an die Hand und führte sie geschickt durch die vielen Menschen, sodass sie nie ins Gedränge gerieten.

Das Teezelt war rot-blau gestreift. Bunte Wimpelketten schmückten den Eingang und auf dem Dach wehte die Fahne von Schönburg.

Die drei Detektivinnen traten ein. Wärme schlug ihnen entgegen und es roch nach getrockneten Äpfeln und dem unbehandelten Holz der niedrigen Teetischchen, die beinahe vollständig

besetzt waren. Marie sah sich um und entdeckte einen freien Tisch in der Ecke neben der Theke. Kim und Franzi setzten sich auf die dicken Sitzkissen, die auf dem Boden verteilt waren, Marie stellte sich an, um Lindenblütentee für alle zu besorgen. Sie dachte an Holger. Ob er es gerade auch so gemütlich hatte? Bestimmt. Er hatte sich mit seinem Freund Jakob für den heutigen Abend zu einer Star-Wars-Kinonacht verabredet, das wusste sie. Und morgen war wieder Mathelernen angesagt. Mit Lilo. Marie wollte es nicht, aber genau dieser Gedanke wurde zum Eiszapfen, der ihr kalt und spitz im Magen lag. Blöde Eifersucht. Schnell rief sie sich Holgers Stimme, seine Umarmung und seinen Geruch ins Gedächtnis zurück. Verflixt, das musste das blöde Eis doch zum Schmelzen bringen!
»Dreimal Lindenblüte?«, hörte sie das Mädchen mit der Leinenhaube wie durch einen Nebel sagen.
Marie tauchte aus ihren Gedanken auf. »Ja, genau!«, sagte sie, bezahlte und trug das Tablett mit den drei dampfenden Gläsern zum Tischchen.
»Lindenblütentee schmeckt viel besser als erwartet«, meinte Franzi und nippte. »Das muss ich unbedingt Mama sagen. Vielleicht kann sie es im Hof-Café anbieten?«
Franzi wohnte auf einem Bauernhof am Rande der Stadt. Seit einiger Zeit betrieb ihre Mutter ein Hofcafé, das immer beliebter wurde. Besonders weil Franzis Mutter den besten Kirschkuchen der Welt backte.
»Finde ich auch«, bestätigte Kim. »Das hatte ich vor lauter Pfefferminztee ganz vergessen.«

Marie lächelte. Wenn sie mit Kim und Franzi zusammen war, hatte sie niemals das Gefühl, sich verstellen zu müssen. Sie konnte einfach Marie sein. Mit allem Tollen, aber auch mit allen Nervigkeiten. Sie drei ergänzten sich einfach prima. Nicht nur als Freundinnen, sondern auch als Detektivinnen.

»Was haltet ihr von unserem neuen Fall?«, fragte sie.

»Hoch spannend und dramatisch«, meinte Kim und holte ihr Detektivheft heraus. »Zum Glück habe ich mit meinen Notizen nicht erst angefangen, als das Buch gestohlen wurde, sondern schon vorher. Wegen des Artikels.«

»Du denkst, dass die Legende von Ottilie und Heinrich eine wichtige Rolle bei dem Diebstahl spielen könnte?« Marie zog ihre Augenbrauen hoch. »Vielleicht hast du recht.«

»Zuerst sollten wir einmal alle Fakten zusammentragen, bevor wir spekulieren.« Kim zückte ihren Bleistift. »Ein uraltes Buch wurde gestohlen. Aus einem gläsernen Tresor, der nicht aufgebrochen wurde und dessen Alarmanlage nicht angeschlagen hat. Ob sie kaputt war oder ob sie deaktiviert wurde, ist unklar.«

»Alles richtig. Weiter: Was genau in dem historischen Buch steht, wissen wir nicht, und so, wie ich es verstanden habe, weiß es niemand. Nur, dass es um Kräuter geht. Ottilie hat es vor 500 Jahren gelesen und beschlossen, dass das Wissen darin für sie zu gefährlich war, um es preiszugeben. Möglicherweise findet das immer noch jemand und will durch den Diebstahl verhindern, dass das alte Wissen an die Öffentlichkeit gerät?«, überlegte Franzi. »Das heißt aber gleichzeitig, dass jemand vorher schon mal hineingesehen hat? Oder?«

»Muss nicht unbedingt sein«, entgegnete Kim. »Vielleicht hat es auch jemand aus Angst geklaut. Ohne zu wissen, was darin steht. Oder es geht gar nicht um das Buch, sondern jemand will die Veranstaltung sabotieren.«

»Du meinst, jemand wie Waldemar Heuerlein?«, fragte Marie. »Er ist auf jeden Fall einer der Hauptverdächtigen, weil er sich durch die Schönburger Hochzeit gestört fühlt.« Sie rührte noch etwas Honig in ihren Tee und schleckte den Löffel ab.

»Günther Lamprecht hat ebenfalls ein Motiv«, sagte Kim. »Er fühlt sich veräppelt, weil er die mittelalterliche Tradition hochhält und nicht nur ans Geldverdienen denkt. Doch die Stadt erlaubt nicht nur Essensstände wie den *Schmalztiegel*, es nutzt ihr sogar. Weil der Stand mehr Geld in die Stadtkasse schwemmt.«

»Das verstehe ich nicht«, meinte Franzi. »Wieso verdient Schönburg am *Schmalztiegel* mehr als an der *Pausenjause*?«

»Weil die Miete der Plätze an den Umsatz der Buden gekoppelt ist. Je mehr so eine Bude erwirtschaftet, umso mehr bekommt die Stadt«, erklärte Kim. »Logisch, dass sie dann nicht besonders daran interessiert sind, Günther Lamprecht unter die Arme zu greifen.«

»Das finde ich nicht fair! Die Stadt muss doch ein Interesse daran haben, dass die Schönburger Hochzeit so original wie möglich ist. Da gehört das Essen auf jeden Fall dazu«, beschwerte sich Marie.

»Finde ich eigentlich auch«, stimmte Kim zu. »Aber offensichtlich wissen viele Leute einfach nicht, was originales Essen ist und was nicht. Wenn ich ehrlich bin, hätte ich das auch nicht bemerkt.«

»Anna und ihre Mutter können wir aus dem Kreis der Verdächtigen ausschließen. Die hätten das Buch morgen sowieso bekommen, also warum sollten sie es klauen? Das ergäbe überhaupt keinen Sinn«, überlegte Franzi weiter. »Auch wenn es reichlich seltsam ist, dass Hilde Blomst so gelassen reagiert. Hat sie schon einmal in das Buch schauen dürfen? Oder will sie sowieso nicht damit arbeiten? Irgendwie juckt meine Detektivinnennase.«

»Mit der kannst du morgen früh ja noch einmal herumschnüffeln.« Kim grinste. »Wer bleibt noch? Bürgermeisterin Thiese! Also da fällt mir beim besten Willen kein Motiv ein. Sie würde sich und der Stadt durch den Diebstahl schaden, und verkaufen kann man so ein Einzelstück nicht. Die würde ich ausschließen.«

Franzi und Marie nickten. Das sahen sie ganz genauso.

»Wer ist noch übrig? Hendrik?« Kim sah ihre Freundinnen fragend an.

»Du meinst, er klaut das Buch, weil er solche Angst vor dem Pferderitt hat?« Franzi kicherte. »Die muss er jetzt nicht mehr haben und außerdem: Wer hat ihn denn gezwungen, Ritter Heinrich zu spielen? Niemand. Der hat sich freiwillig beworben.«

»Wer weiß, wer weiß ...«, orakelte Marie. »Zumindest war er die ganze Zeit weg, als uns Frau Thiese die Legende erzählt hat. Er hätte die Möglichkeit gehabt, das Buch zu stehlen.«

Plötzlich fiel ihr ein, dass sie am Tatort Fotos gemacht hatte. Sie holte ihr Handy aus der Tasche, bemerkte aus dem Augenwinkel, dass Holger ihr ein Kuss-Emoji geschickt hatte, und besah sich die Bilder. Da war es! Sie hatte sich richtig erinnert. Eine Nahaufnahme des geöffneten Tresors.
»*Sicherheinz*«, murmelte sie.
»Wer?«, fragte Franzi. »Ist das noch ein Verdächtiger, den ich verpasst habe?«
»Nö«, antwortete Marie. »Das ist die Firma, die den Tresor hergestellt hat. Vielleicht können wir auf deren Internetseite mehr über das Modell aus Glas herausfinden.«
»Sehr gute Idee«, lobte Kim.
Marie überlegte kurz, ob sie erst die Nachricht von Holger lesen sollte, entschied sich dann aber, es später in Ruhe zu machen. Wenn sie auch antworten konnte. Sie gab den Namen *Sicherheinz* in die Suchmaschine ein und ein paar Klicks später war sie auf der Seite der Firma.
Auf der Startseite war ein Gruppenfoto von allen Mitarbeitern zu sehen. Marie stutzte. Sie sah genauer hin. War das nicht …? Konnte das überhaupt sein? Sie versuchte das Foto größer zu ziehen, es gelang ihr aber nicht. Doof.
»He, was machst du denn?«, fragte Kim. »Du wolltest dir doch das Tresormodell ansehen.«
Marie war plötzlich ziemlich aufgeregt. Sie deutete auf eine Person in der hinteren Reihe des Gruppenfotos. »Ich glaube, den kennen wir.«

Hoch verdächtig

»Das ist Hendrik! Das ist sein Mund und auch die Augen passen. Franzi, du hast heute am meisten Zeit mit ihm verbracht. Was meinst du?«, fragte Marie.

Franzi wiegte den Kopf hin und her. »Ich kann ihn da nicht erkennen. Zumindest nicht eindeutig. Es stimmt, eine Ähnlichkeit ist schon da ...«

»Sag ich doch«, hakte Marie ein. »Das ist er. Ganz klar. Auch die unsichere Körperhaltung passt.«

»Das Bild ist winzig«, gab Kim zu bedenken. »Ich weiß schon, was du meinst, aber es ist kein Beweis. Und Namen stehen leider keine dabei!« Sie zuckte mit den Schultern.

»Aber wenn das wirklich so wäre – überlegt mal! Hendrik ist Mitarbeiter bei der Firma *Sicherheinz*. Der Firma, die den Tresor hergestellt hat. Vielleicht hat er Informationen, die die Alarmanlage betreffen. Oder er weiß, wie man diese Tresore knacken kann, ohne Spuren zu hinterlassen.«

»Marie, ich glaube, du verrennst dich da in was. Falls der Typ auf dem Foto wirklich Hendrik ist – was für mich noch über-

haupt nicht klar ist – heißt das eigentlich gar nichts. Denn Hendrik hat kein Motiv. Dass er dort arbeitet, kann einfach Zufall sein«, sagte Franzi.
»Möglicherweise kennen wir sein Motiv nur noch nicht. Könnte doch sein«, verteidigte sich Marie. »Kim predigt uns schließlich immer, dass wir keine voreiligen Schlüsse ziehen sollen. Und das gilt auch für Unschuldsvermutungen. Immerhin war Hendrik die ganze Zeit, als Frau Thiese uns die Legende erzählt hat, weg. Er hätte Zeit gehabt, das Buch zu stehlen. Und vielleicht auch das Wissen, den Tresor auf diese Art und Weise zu knacken. Ich bin dafür, dass wir ihn befragen. Und zwar jetzt sofort!«
»Keine Chance«, meinte Franzi. »Marie hat zwar recht, aber heute Abend werden wir ihn nicht mehr erwischen. Er hat mir erzählt, dass er nach der Probe mit Anna zu seiner Oma geht.«
»Hast du keine Handynummer?«, fragte Marie.
Franzi schüttelte den Kopf. »Nee, leider nicht. Aber ich treffe ihn morgen nach der Liebestrank-Brauerei noch einmal, um ihm Mut zu machen.«
Marie senkte enttäuscht den Kopf. Zu blöd. Ihr Instinkt sagte ihr deutlich, dass mit diesem Hendrik etwas nicht stimmte. Er verheimlichte etwas. Vorhin war dieses Gefühl noch ganz vage ihn ihr herumgegeistert. Doch seit sie das Foto gesehen hatte, hatte dieses Gefühl Gestalt angenommen. Hendrik war verdächtig. Und wie.
Plötzlich stieß Kim sie in die Seite.
»Aua. Was ist?«, zischte sie leise.

Kim antwortete nicht, sondern starrte auf den Zelteingang. Auch Franzi war gebannt.
»Günther Lamprecht. Der Betreiber der *Pausenjause*«, sagte Kim. »Und guck dir mal an, was er unter dem Arm hat.«
Marie kniff die Augen zusammen, denn die Fackel am Eingang blendete sie. Sie sah die Umrisse eines kräftigen Mannes, der Günther Lamprecht sein konnte. Das, was er unter den Arm geklemmt hatte, war in einen durchsichtigen Tüllstoff eingehüllt, ziemlich groß, viereckig und dunkelbraun.
Eigentlich sah es haargenau aus wie das gestohlene Buch. Aber das konnte ja wohl schlecht sein, oder? Inzwischen hatte sich der Diebstahl bestimmt herumgesprochen, und es wäre ziemlich dreist, mit der Beute im Arm hier hereinzuspazieren und so zu tun, als ob nichts wäre. Oder rechnete Günther Lamprecht genau damit? Dass eben *niemand* erwartete, dass der Dieb die Beute einfach so ins Teezelt schleppen würde? Das wäre eine geniale Taktik, die sehr viel Schauspieltalent voraussetzen würde. Günther Lamprecht war vorhin allerdings eher polterig und geradeheraus gewesen. Vielleicht nur zum Schein?
»Das gestohlene Buch?«, fragte Marie daher vorsichtig.
»Könnte sein, oder? Er hat vorhin offen von einem umwälzenden Plan gesprochen. Die diesjährige Schönburger Hochzeit ist ohne die Verleihung des Buches sicher nicht mehr das, was sich alle erhoffen.« Franzi griff nach ihrer Tasche, die sie unter den Tisch gestellt hatte, und erwischte mit dem Ärmel die noch halb volle Teetasse. Der Lindenblütentee ergoss sich auf ihre Jeans.

»Verflixt!«, rief sie und sprang auf. »Der war noch ganz schön heiß.«
Marie grinste. »Das trocknet wieder. Und ich bin wenigstens nicht mehr die Einzige mit Flecken auf der Kleidung.« Sie reichte Franzi eine Serviette und die tupfte unglücklich immer wieder über die nasse Stelle.
Marie trat an den Tresen, um nach einen Wischlappen zu fragen. Aus dem Augenwinkel sah sie, wie Günther Lamprecht das Zelt verließ. Sie schnappte sich den Lappen, wischte den Tee auf und rief: »Schnell, hinterher. Er ist weg.«
Kim und Franzi reagierten sofort. Sie schulterten ihre Rucksäcke und stürmten aus dem Zelt. Doch es gab überhaupt keinen Grund zur Eile. Günther Lamprecht sah sich am Waffenstand gegenüber ein Messer an und schnitt zur Probe ein Stück Schinken ab. Das Paket hatte er einfach zu den Messern auf den Verkaufstresen gelegt.
Die drei !!! beobachteten ihn. In aller Ruhe legte er das Messer zurück, bedankte sich beim Verkäufer, nahm sein Päckchen wieder unter den Arm und schlenderte weiter.
Kim, Franzi und Marie folgten ihm so unauffällig wie möglich. Sie probierten Ringe an und setzten sich Harlekinmützen mit Glöckchen an den zipfeligen Enden auf. Doch sie achteten immer genau darauf, dass Günther Lamprecht in Sichtweite blieb. Als er den Mittelaltermarkt verließ und in die kleinen Gässchen rund um die alte Kirche von Schönburg bog, war es nicht mehr so leicht, ihm zu folgen, ohne dass er sie bemerkte.
Marie führte sie an. Über das Kopfsteinpflaster zum nächsten

Hauseingang, wo sie sich verbergen und trotzdem sehen konnten, wohin Günther Lamprecht ging. Im Moment war er allerdings stehen geblieben und sah sich versonnen die Auslage eines Schaufensters an. Er schien bester Laune zu sein, pfiff und sang eines der Lieder, die Marie heute schon einige Male gehört hatte. Irgendwas mit »herzallerliebstes Fräulein« und »Liebe«. Schien wohl gerade zu den Hits des Minnesangs zu gehören. Sie ertappte sich dabei, die Melodie mitzusummen.

»Aufhören«, bat Franzi. »Das ist ein echter Ohrwurm!«

Marie kicherte. »Find ich auch. Und Günther Lamprecht geht es offensichtlich ebenso. Schon cool, dass man damals als Frau immer so nett besungen wurde. Hätte mir sehr gut gefallen.«

»Aber doch nur, wenn dir auch der Mann dazu gefallen hätte, oder? Stell dir vor, irgendwelche Typen stünden ständig unter deinem Fenster und würden singen. Und du könntest nie schlafen. Zumindest nicht bei *offenem* Fenster.« Franzi stöhnte.

»Okay, okay, ich habe mir eben Holger vorgestellt. In Samtanzug und mit einer Laute. Nicht *irgendeinen*«, gab Marie zu.

»Und David hätte dir bestimmt die allerschönsten Gedichte geschrieben, Kim.«

Kim guckte verlegen. »Dazu muss ich nicht im Mittelalter leben. Das macht er auch so.« Sie holte einen verknitterten Brief aus ihrer Hosentasche und faltete ihn auf. »Ihr müsst mir aber hoch und heilig versprechen, dass ihr David nicht sagt, dass ihr sein Gedicht gelesen habt. Er hat mir zwar nicht verboten, es jemandem zu zeigen, aber vielleicht ist es ihm doch unangenehm.«

Kim.
Meine Kim.
Errätst mein Herz.
Du bist mein
Katapult himmelwärts.
Ein Augenblick
mit dir
von dir
ist ewig.

Marie hielt den Atem an. David war wirklich zu süß. Kein Wunder, dass Kim das Gedicht bei sich hatte. Obwohl sie es sicher auswendig konnte.

»Es ist ein Glück, dass David heute dichtet und nicht vor 500 Jahren«, meinte Franzi trocken.

»Dieses ganze Fräulein-Minne-Herz-Getue ist doch ziemlich nervig. Als hätten die damals fünfzig Lieblingswörter gehabt und die immer wieder miteinander kombiniert.«

In diesem Augenblick setzte sich Günther Lamprecht wieder in Bewegung.

»Achtung, wir müssen unsere Liebesliederdiskussion abbrechen. Es geht weiter«, informierte Marie.

Diesmal lief Günther Lamprecht schneller. Einen kurzen Moment dachte Marie sogar, sie hätten ihn verloren. Schnell liefen sie um die nächste Ecke und sahen gerade noch einen Zipfel seines braunen Mantels in einem Laden verschwinden.

»Das wäre vor lauter Romantik fast in die Hose gegangen«,

stöhnte Kim. Dann blieb sie abrupt stehen und betrachtete das Ladengeschäft. »Ein Antiquariat«, rief sie aufgeregt. »Wir sind goldrichtig!«

Franzi sah ihre Freundin von der Seite an. »Da liegen lauter Bücher im Schaufenster. Ist das dann nicht eher eine Buchhandlung als ein Anti...anti...quer? Wie hast du das genannt?«

»Antiquariat«, wiederholte sie. »Das ist tatsächlich eine Art Buchhandlung. Aber keine für neue Bücher, sondern eine, in der man alte und gebrauchte Bücher kaufen kann. Manchmal auch richtig wertvolle.«

»Na klar«, meinte Franzi. »Er will das gestohlene Buch verkaufen!«

»Hier in Schönburg? Das wäre aber leichtsinnig. Hier kennt es doch jeder«, gab Marie zu bedenken.

»Oder der Antiquar steckt mit Günther Lamprecht unter einer Decke. Bestimmt haben sie nicht vor, es hier ins Schaufenster zu legen. Das wäre wirklich zu dämlich. Aber vielleicht nutzen sie die Vertriebsmöglichkeiten des Ladens?«

Marie nickte. Neugierig linste sie durch das hell erleuchtete Schaufenster. Das Antiquariat befand sich in einem Eckhaus. Ein wunderschöner Altbau mit Stuck an den hohen Decken und einer mit buntem Glas verzierten Eingangstür. Die Haustürglocke war keine gewöhnliche elektrische Klingel. An einem geschwungenen Metallhaken hing eine alte Messingglocke, deren Schlägel man läuten konnte.

Der Verkaufsraum war jedoch leer. Marie drückte die Klinke der Haustür langsam herunter, doch es war abgeschlossen.

»Lasst uns ums Haus herumgehen«, schlug sie vor. »Vielleicht sind die beiden in einem Hinterzimmer?«
»Gut«, sagte Franzi. »Der Zaun ist ein Klacks!« Mit einem gekonnten Sprung überwand sie das eiserne Tor, das den seitlichen Garten des Hauses von der Straße trennte. Federnd kam sie auf der anderen Seite auf und reichte Kim die Hand.
Kim drückte leicht gegen die Tür. Sie öffnete sich beinahe wie von selbst. »Hättest du leichter haben können, du Supersportskanone!« Sie grinste.
Franzi kicherte. »Jede von uns hat eben ihre ganz eigenen Talente. Du denkst erst gründlich nach und ich mach einfach mal. Das allerdings auch gründlich.«
Marie lächelte. Diese Aktion war typisch. Sowohl von Franzi als auch von Kim.
Sie gingen durch das offene Tor. Der Kies auf dem Weg knirschte ein wenig, aber da niemand zu sehen war, mussten sie auch nicht besonders leise sein.
Die Fensterreihe auf der linken Seite war beleuchtet. Zwischen dem Kiesweg und der Fensterreihe war ein Blumenbeet mit Rosenpflanzen. Blüten hatten sie keine mehr, aber dafür umso mehr Dornen.
Marie sah Kim und Franzi an. »Ich muss, oder? Auch wenn ich als Argument meine neue Hose ins Spiel bringe.«
Kim legte den Kopf schief.
»Ach, was frage ich überhaupt?« Marie stampfte beherzt ins Blumenbeet und verrenkte sich, so gut es ging, um nicht hängen zu bleiben.

Die drei seitlichen Fenster waren auf der richtigen Höhe, sodass sie prima hineinsehen konnten. Jede nahm eines der Fenster und versteckte sich unter dem Sims.
Vor Maries Augen baumelte ein dünner weißer Vorhang, doch sie konnte die Schemen vieler Bücherregale und eines Tischs mit vier Stühlen erkennen.
In diesem Moment ging in dem Raum eine Tür auf und zwei Gestalten – ein Mann und eine Frau – setzten sich an den Tisch.
»Hierher«, flüsterte Marie und winkte Kim und Franzi. »Sie sind gerade ins Zimmer gekommen.«
Vorsichtig kamen Franzi und Kim näher.
Die Umrisse des Mannes konnte Marie gut sehen – von der Statur war es durchaus möglich, dass es Günther Lamprecht war. Die Frau allerdings saß mit dem Rücken zum Fenster.
»Leider kann man nicht hören, was sie sagen«, bedauerte Marie.
»Und sehen kann man auch nicht viel.« Kim war enttäuscht.
Doch in diesem Augenblick stand die Frau auf, öffnete den Vorhang und blickte hinaus. Blitzschnell duckten sich die drei !!!.
»Komm, bitte mach das Fenster auf!«, betete Franzi.
»Hey, werd nicht größenwahnsinnig. Ist schon cool, dass wir jetzt den vollen Durchblick haben.« Kim knuffte Franzi in die Seite.
Die Frau, die weißes, lockiges Haar hatte und ein mittelalterliches Leinengewand trug, wie Marie nun sehen konnte, setzte sich wieder.

Der Mann, der wie vermutet Günther Lamprecht war, holte ein Notizbuch aus seiner Tasche und klappte es auf. Marie konnte verschiedene Skizzen darin sehen. Skizzen von Büchern. Aufgeschlagen, zugeklappt, von der Seite, von vorne, von hinten ... und alle sahen aus wie das gestohlene Buch! Das Format, die Dicke und der brüchige dunkle Ledereinband. Alles stimmte. Die Frau nahm einen dicken Bleistift in die Hand, besah sich die Skizzen und begann, sie zu ergänzen und zu überzeichnen.
»Was machen die denn da?«, fragte Franzi. »Wenn Günther Lamprecht das Original dabeihat, warum versuchen sie das Buch nachzuzeichnen? Kapiere ich nicht.«
Günther Lamprecht lachte laut und gestikulierte wild. Daraufhin schlug die Frau eine neue Seite im Notizbuch auf und machte eine neue Skizze.
Marie wurde auch nicht schlau aus dem, was sie da sah.
Und plötzlich ging alles ganz schnell. Günther Lamprecht stand auf, gab der Frau die Hand, schnappte sich das Stoffbündel und verließ den Raum.
Die drei !!! sprangen auf und kämpften sich durch die dornigen Rosenbüsche zum Kiesweg zurück. Dann drückten sie sich dicht an die Hauswand und warteten auf Günther Lamprecht. Eine ganze Weile verging, doch von Günther Lamprecht keine Spur.
»Wo ist er hin?«, fragte Kim grimmig.
»Es gibt nur zwei Möglichkeiten. Entweder er ist noch im Haus, weil er dort wohnt, oder er hat einen anderen Ausgang genommen«, überlegte Franzi.

Marie trat auf den Gehweg und sah auf das Klingelschild. »Haase, Kugler und Motter, kein Lamprecht!«
Kim zögerte keinen Augenblick. Sie lief zurück hinters Haus. »Verflixt!«, rief sie. »Warum ist mir das vorhin nicht aufgefallen? Hier ist eine Tür und ein Weg, der durch den Garten zum Ufer eines kleinen Baches führt. Dort gibt es einen Spazierweg. Da können wir nichts mehr machen. Er ist uns entkommen!«

Immer in Bewegung!

»Was machen wir jetzt?«, fragte Franzi. »Für eine Verfolgungsjagd ins Blaue hinein fehlt mir die Lust. Zumal wir gar nicht wissen, ob in dem Stoffbündel wirklich das gestohlene Buch ist. Unsere Theorie mit dem Verkauf übers Antiquariat kann nämlich schon mal nicht stimmen. Sonst hätte Günther Lamprecht das Buch ausgepackt und dortgelassen.«
Marie nickte. »Stimmt. Auch wenn die Skizzen, die die beiden gemacht haben, äußert seltsam sind und schon darauf hindeuten, dass sie in die Sache mit dem Buch auf irgendeine Art und Weise verstrickt sind.«
Kim zuckte mit den Schultern und sah auf ihr Handy. »Kurz nach sieben«, meinte sie. »Eigentlich noch zu früh, um schlafen zu gehen. Vielleicht küsst mich nachher noch die Muse und ich schreibe David ein Antwort-Liebesgedicht?«
»Oder wir versuchen, den Fall noch ein wenig voranzutreiben?«, sagte Marie. »Hendrik können wir gerade nicht befragen, Günther Lamprecht ist entwischt, da bleibt uns nur Waldemar Heuerlein. Vielleicht ist er jetzt wieder zu Hause.«

Die drei !!! betraten zum zweiten Mal an diesem Tag die heruntergelassene Zugbrücke und quetschten sich an der Absperrung vorbei. Die Burganlage war nur spärlich beleuchtet und Marie musste aufpassen, wohin sie trat.

Jetzt, wo es dunkel war, wirkte alles gespenstisch. Die Schatten der Äste ragten wie lange Finger, die nach ihnen greifen wollten, auf die Wege. Marie hakte sich bei Franzi unter. »Kannst du mich ein bisschen entgruseln?«, fragte sie leise. Franzi drückte ihre Hand. »Klaro. Aber falls alle Stricke reißen, haben wir auch noch die da!« Sie zeigte auf ein Polizeiauto, das im Burghof geparkt war. Die beiden Polizisten, die darin saßen, hatten zu tun, ihre Mega-Portion Pommes frites aufzuessen, und beachteten die drei Detektivinnen gar nicht. Frau Thiese hatte also schon die Polizei eingeschaltet.

Ohne zu sprechen, liefen sie am Holundergarten vorbei zum Burgflügel, in dem sich die Wohnung von Waldemar Heuerlein befand.

Peng! Rumms!

Marie zuckte zusammen. Was war denn das gewesen?

Auch Franzi und Kim waren erschrocken stehen geblieben.

»Also wenn mich nicht alles täuscht, kommt der Krach aus der Wohnung unseres ruhebedürftigen Goldfischbesitzers Heuerlein.« Kim zog amüsiert die Augenbrauen hoch. »Anscheinend ist er bei *selbst gemachten* Geräuschen nicht so zimperlich.«

Sie liefen weiter und Franzi klingelte. Es zischte und pufftte noch ein einziges lautes Mal im Inneren und dann öffnete sich die schwere Tür einen Spalt.

»Wer ist da? Ich erwarte niemanden«, brummte Herr Heuerlein nicht besonders freundlich.
»Kim, Franzi und Marie«, antwortete Marie. »Wir sind die Mädchen, die vorhin mit Frau Thiese unterwegs waren. Können wir Sie kurz sprechen?«
»Mit Frau Thiese … die mich am liebsten für immer in ein Hotel einsperren würde? Das motiviert mich nicht besonders, euch hereinzulassen.«
»Wir verstehen durchaus, dass Sie von dem ganzen Rummel genervt sind. Und Frau Thiese war nicht sehr hilfsbereit …« Marie zwinkerte Kim und Franzi zu. Die Verständnisnummer funktionierte meistens sehr gut.
Auch bei Herrn Heuerlein.
Er entriegelte das Kettenschloss und ließ die drei !!! herein.
»Es ist wirklich ungeheuerlich«, beschwerte er sich. »Frau Thiese hat keine Ahnung, was es für mich bedeuten würde, ein paar Tage nicht hier zu sein.«
»Sie meinen Ihre Goldfische?«, fragte Franzi.
Herr Heuerlein trat einen Schritt zurück und gab den Blick auf sein Wohnzimmer frei. Er breitete stolz die Arme aus. »Auch. Aber vor allem wegen dieser Schätzchen hier!«
Marie blickte in das merkwürdigste Zimmer, das sie je gesehen hatte. Überall standen Maschinen, die tuteten, ratterten, dampften, schoben, zogen, sich drehten und stampften.
»Ich bin Erfinder«, erklärte Herr Heuerlein. »Seit 30 Jahren versuche ich, ein Perpetuum mobile zu erschaffen. Eine Maschine, die sich immer wieder von selbst mit Energie versorgt

und daher von alleine immer weiter- und immer weiter- und immer weiterläuft. Leider bin ich noch nicht so weit. Ich experimentiere mit Magnetfeldern und mit Temperaturschwankungen. Vielleicht gelingt mir bald der Durchbruch.«
Kim war offensichtlich sehr beeindruckt. Sie betrachtete jede Maschine aufmerksam und machte sich Notizen. »Das ist wirklich sehr interessant. Ich weiß, dass es noch niemand geschafft hat, ein funktionierendes Perpetuum mobile zu bauen. Ich drücke Ihnen die Daumen, dass es gelingt.«
Waldemar Heuerlein war begeistert von Kims Interesse. Er erklärte ihr alles, was sie wissen wollte, und Kim arbeitete sich völlig unauffällig mit ihm durch den Raum.
Dadurch hatten Franzi und Marie die Möglichkeit, sich in Ruhe umzusehen. Und es gab eine Menge zu sehen! Leere Kaffeebecher, überquellende Papierkörbe, ungeöffnete Briefe und abgenagte Apfelbutzen. Sie nahm eine Elektronikleiterplatte in die Hand. Darunter lag: ein ganzer Haufen leerer Bonbonpapierchen der Marke *Bronchiwell*! Aufgeregt stupste Marie Franzi an. »Guck mal.«

»Herr Heuerlein, Sie waren es, oder?«, preschte Franzi mutig vor. »Wir haben Beweise!«
Herr Heuerlein drehte sich ruckartig um und starrte Marie an, die immer noch die Leiterplatte in der Hand hielt. Er sah betreten von Marie zu Franzi und dann zu Kim. »Wovon redet ihr?«
»Ich sage nur: Tresor!« Franzi hielt ein *Bronchiwell*-Bonbon hoch. Herrn Heuerleins Gesicht schwoll tomatenrot an und er

begann zu schwitzen. »Wie habt ihr das herausbekommen? Es sollte nur ein Spaß sein, ehrlich!«, sagte er schließlich.
»Sie finden, einen Tresor aufzubrechen und ein wertvolles Buch zu stehlen, spaßig?«, fragte Marie. »Das ist nicht gerade meine Art von Humor.«
»Wie bitte?« Nun sah Herr Heuerlein ziemlich verwirrt aus. »Das Buch ist gestohlen worden?«
»Sehr richtig. Und zwar von Ihnen!«, behauptete Franzi. »Sie haben nämlich ein verräterisches Bonbonpapier am Tatort verloren!«
»Das ist ja furchtbar. Das Buch ist wunderschön! Und ein einzigartiger Schatz«, murmelte Herr Heuerlein kleinlaut. »Ich weiß nichts von dem Diebstahl und ich war das auch nicht.«
Marie sah Franzi und Kim verunsichert an. Wenn Herr Heuerlein das Buch nicht gestohlen hatte, warum hatte er dann so panisch reagiert?
»Können Sie uns die Sache dann näher erklären?«, fragte sie deshalb.
Der alte Mann setzte sich und fuhr sich mit einem Stofftaschentuch über die Stirn. »Ich dachte, ihr seid meiner speziellen Alarmanlage auf die Schliche gekommen«, gestand er und seufzte. »Ihr habt das ja mitbekommen; ich kann dieses ganze Trara um die Schönburger Hochzeit, diese doofen Holunderbüsche und vor allem den schrecklichen Holunderblütentee nicht mehr ertragen. Mittlerweile ist es so schlimm, wenn ich Holunder nur *rieche*, wird mir schlecht.« Aus Waldemar Heu-

erleins Gesicht war die Röte verschwunden und seine Wangen hatten eine leicht grünliche Färbung angenommen. »Und da habe ich mir einen Scherz erlaubt. Ich bin von Beruf Elektroniker und habe viel mit Funkverbindungen gearbeitet. Um Frau Thiese und ihr Team zu ärgern, habe ich den Ton der Alarmanlage per Funk ausgetauscht. Das Ding piept nun nicht mehr, sondern pfeift wie einer der verdammten Teekessel, mit denen sie morgen wieder Holunderblütentee kochen. Hunderte von Tassen.« Herr Heuerlein stöhnte.
Doch Marie musste kichern. Hatte sie richtig gehört? Pfeifender Teekessel anstatt Piep-Ton?
»Deswegen hat die Alarmanlage gestern nicht funktioniert. Weil Sie die alte stumm gestellt hatten? Das ist alles? Keine Sabotage der Hochzeit durch Diebstahl?«, fragte sie.
Waldemar Heuerlein schüttelte den Kopf. »Ich wollte die Veranstalter wirklich nur piesacken. Wenn sie morgen das Buch aus dem Tresor holen, dann sollte sich meine ganz spezielle Alarmanlage einschalten – der Teekessel. Den ich immer hätte pfeifen lassen, sobald sich jemand dem Tresor auch nur nähert. Und diesen Alarm hätte nur *ich* per Funk an- und abschalten können. Das wäre ein richtiger Spaß geworden!« Waldemar Heuerlein rieb sich die Hände und lächelte amüsiert.
Dann blickte er die drei !!! ernst an.
»Das Buch ist wirklich weg?«, fragte er noch einmal ungläubig. »Dann steht die Polizei gar nicht wegen morgen da, sondern wegen des Diebstahls? Ich dachte nämlich schon, die postieren sich als Leib- und Platzwache für die Schauspieler. Das hätte

ich ihnen durchaus zugetraut. Wenn es um dieses blöde Hochzeitstheater geht, spinnen alle komplett.«
Marie betrachtete die wippenden, drehenden, knarrenden Maschinen um sich herum.
»Ich glaube, jeder hat so seine kleinen liebenswerten Verrücktheiten, Herr Heuerlein! Da sollte man nicht vorschnell urteilen.«

»Wahnsinn, oder?« Kim quetschte sich unter der Absperrung durch. »Da überlegt und probiert jemand dreißig Jahre lang an einer Sache herum, die überhaupt nicht funktionieren kann. So viel Ausdauer möchte ich einmal haben.«
»Und warum kann das nicht klappen?«, fragte Franzi.
»Weil sich etwas nicht unendlich lange bewegen kann. Ein bisschen Energie geht immer verloren, und auch wenn es Maschinen gibt, die sehr lange brauchen, um zum Stillstand zu kommen – *irgendwann* stehen sie alle.«
Marie sah Kim bewundernd an. »Woher weißt du das?«
»So ein Perpetuum mobile kommt bei *Jim Knopf* vor. Als ich die Geschichte gelesen habe, hat es mich interessiert, ob das wirklich möglich ist. Ist es aber leider nicht.« Kim gähnte. »Ich bin müde. Der Tag war ziemlich voll, oder? Waldemar Heuerlein würde ich von der Verdächtigenliste nehmen, wenn ihr einverstanden seid.«
»Klar. Lasst uns in die Pension gehen. Für mich war das genug Trubel für heute. Und wir müssen morgen ja früh aufstehen. Love, love, love ...« Franzi warf Marie ein Luftküsschen zu.

Marie küsste ebenfalls schmatzend in die Luft. Genau. Morgen würde sie einen Liebestrank brauen, der Holgers und ihr Herz für immer miteinander verband. Eifersucht? Sie würde bestimmt schnell vergessen, wie sich die überhaupt anfühlte …

»Vorsicht! Heiß.« Ein Gaukler mit einem großen kupfernen Kessel in beiden Armen versuchte sich einen Weg durch die vielen Menschen zu bahnen, die sich in der kleinen Vorhalle der Pension drängten.

»Was ist denn hier so spät abends noch los?«, fragte Franzi eine Frau mit Haube und Bastkorb unter dem Arm.

»Wir versuchen, noch ein Plätzchen zum Schlafen zu ergattern«, antwortete sie. »Allerdings sind wir auf gut Glück angereist, weil wir gehört haben, dass die Schönburger Hochzeit so toll sein soll. Und jetzt sind alle Schlafzelte übervoll.«

»Einer nach dem anderen!«, rief der Mann an der Rezeption. Seine Stimme drang kaum durch das Stimmengewirr. Zusätzlich versuchte ein kleiner Junge in der Ecke, einen Ton auf einem Dudelsack herauszubekommen.

Moment mal! Diesen kleinen Jungen kannte Marie!

»Finn!« Sie arbeitete sich durch eine Gruppe von Männern mit merkwürdigen bunten Filzkappen auf dem Kopf zu ihrem kleinen Bruder durch. »Hallo! Wo ist denn Tessa?«

Finn sah Marie mit seinen kugelrunden Augen an. Vor Anstrengung hatte er ganz rote Wangen.

»Die holt nur was.« Er hielt den Dudelsack hoch. »Gisbert bringt mir das Spielen bei. Toll, oder?« Er drückte den samtenen Sack und das Instrument spielte einen quäkenden, lang gezogenen Ton. Finn hielt seine kleinen Finger auf die Löcher der Spielflöte. Sofort wurde der Ton tiefer und verklang allmählich.

»Er macht sich prima«, brummte ein dicker bärtiger Mann neben Finn. »Die Hauptsache ist, dass es ihm Spaß macht. Melodien … äh … die kommen dann schon irgendwann.«

»Ich habe schon Taler verdient!« Finn streckte Marie die Hand hin, auf der drei goldene Münzen lagen, die man auf dem Mittelaltermarkt als Zahlungsmittel verwenden konnte. »Und ich will jetzt gar nicht mehr Ritter sein. Sondern Dudelsacker!«

»Sackpfeifer, mein Junge«, verbesserte Gisbert und strich Finn über die Haare. »Vergiss nicht, mich zu deinem ersten Konzert einzuladen.« Er nahm den Dudelsack, blies hinein und spielte eine fröhliche Tanzmelodie. Ein junger Mann neben Gisbert verbeugte sich vor Marie und forderte sie zum Tanz auf. Marie lächelte und hakte sich bei ihm ein. Er fasste sie um die Hüfte und wirbelte sie herum. Marie liebte Tanzen. Deswegen hatte sie den Rhythmus sofort in den Beinen und drehte und wiegte sich im Takt. Sie winkte erst Franzi und Kim und dann Tessa, die die Treppe herunterkam, um Finn zu holen.

Mit einem gekonnten Ausfallschritt bedankte sie sich bei ihrem Mittänzer, schnappte sich Finn und trug ihn zu Tessa.

»Habt ihr schon gehört, was mit dem Buch passiert ist?«, fragte Tessa.

Marie nickte.

»Ihr lasst aber schön die Finger davon, versprecht ihr mir das?«, bohrte Tessa weiter. »Ich will nicht noch mehr Durcheinander. Frau Thiese ist sich nun nämlich gar nicht mehr sicher, ob wir überhaupt filmen dürfen. Schließlich ist die Hauptattraktion des morgigen Tages weg.«

Marie wusste nicht, was sie sagen sollte. Natürlich wollte sie Tessa keine Schwierigkeiten machen. Aber sie waren nun mal Detektivinnen. Und möglicherweise konnten sie Frau Thiese helfen.

»Tessa«, sagte sie gedehnt. »Du kannst dich auf uns verlassen. Wir passen auf uns auf, ehrlich!«

Tessa seufzte. »Ihr steckt schon wieder mittendrin, richtig? Hätte ich mir ja denken können. Ich kann euch sowieso nicht davon abhalten. Also, wenn ich euch irgendwie helfen kann, sagt Bescheid.«

»Danke, Tessa!«

Erleichtert ging Marie zu Kim und Franzi.

»Genug erlebt, genug ermittelt und auch genug getanzt«, sagte sie. »Ich will in die Federn.«

Detektivtagebuch von Kim Jülich
Freitag, 22:05 Uhr

Jetzt ist schon wieder was passiert. In Schönburg, wo wir drei zu Besuch sind, weil an diesem Wochenende die Schönburger Hochzeit gespielt wird. (Alles superromantisch mit Heinrich und Ottilie, das werde ich in meinen Artikel mit aufnehmen – hoffentlich bleibt mir noch Platz, weil ich NATÜRLICH! auch über den aktuellen Fall schreiben muss. ;-)

Morgen bei dem Schauspiel (das jedes Jahr stattfindet, morgen ist allerdings das 500. Jubiläum) sollte ein wertvolles Buch zum ersten Mal geöffnet werden und an die Kräuterfrau Hilde Blomst übergeben werden. Sie ist nämlich die engste lebende Verwandte von Ottilie, der Prinzessin mit der romantischen Hochzeitsgeschichte.
Dieses Buch soll geheimes Kräuterwissen enthalten und jetzt kommt's: Heute Nachmittag wurde es aus einem gläsernen Tresor gestohlen. Ohne Einbruchspuren und ohne dass die Alarmanlage losgegangen ist.
Warum die Alarmanlage nicht funktioniert hat, wissen wir schon. Das war Waldemar Heuerlein, ein kauziger Elektroniker, der auf der Burg wohnt und den die Festivitäten auf der Burg furchtbar nerven. Er hatte die alte Anlage deinstalliert, um eine neue, die er selbst erfunden hat, anzubringen. Mit Teekesselpfeifton, um alle zu ärgern!
Herr Heuerlein ist wirklich ein bisschen verrückt (er versucht seit dreißig Jahren ein Perpetuum mobile zu bauen), aber er war (zumindest denken wir das) nicht der Täter.
Wir haben allerdings einen Hauptverdächtigen und einen Nebenverdächtigen. (Ich glaube, Marie sieht es umgekehrt. ;-)) Günther Lamprecht von der Essensbude *Pausenjause* und Hendrik, der morgen den Bräutigam spielt.
Herr Lamprecht hat Geldsorgen und ärgert sich furchtbar darüber, dass beim Mittelaltermarkt nicht alle Darsteller und Budenbetreiber echt mittelalterlich sind. (Ich meine damit natürlich nicht ihr Alter, sondern das, was sie machen und anhaben.)
Besonders ärgert er sich über Hannes Wolter, der Hefeteig in Schmalz ausbackt und mit Nuss-Nugat-Creme bestreicht. Die Leute lieben seine Schmalzkringel, denen ist es reichlich egal, ob es das Rezept im Mittelalter schon gab. Günther Lamprechts Fladen dagegen sind nach altem Rezept gemacht – sie schmecken echt lecker, verkaufen sich aber schlecht.
Durch einen mitgehörten Streit haben wir erfahren, dass er kein Alibi für den Tatzeitpunkt hat. Und wir haben gesehen, dass er mit einem Paket, das die Größe des gestohlenen alten Buches hatte, in ein Antiquariat gegangen ist.

Sein Besuch dort ist rätselhaft. Er hat der Antiquarin Skizzen des gestohlenen Buchs gezeigt, das Paket aber nicht ausgepackt. Und dann ist er gegangen und wir haben leider seine Spur verloren.
Ich kann mir sehr gut vorstellen, dass er der Täter ist, denn er will der Veranstaltung eins auswischen und sich rächen.
Der zweite Verdächtige ist Hendrik. Marie glaubt, ihn auf einem Mitarbeiterfoto der Tresorfirma erkannt zu haben. Das Bild ist allerdings so klein und auch ein wenig unscharf, dass ich nicht vollständig überzeugt bin. Auch wenn die Person Hendrik sehr ähnlich sieht.
Wir bleiben auf jeden Fall bei beiden am Ball! Morgen wird ein spannender Tag.

Geheimes Tagebuch von Kim Jülich
Freitag, 22:41 Uhr

► Diese Aufzeichnungen sind geheim. Geheimer. Am geheimsten. Wer das liest, muss einen Unsichtbarkeitstrank von Hilde Blomst trinken. Ohne Gegenmittel. ◄
Ich vermisse David. Seit ich vorhin Franzi und Marie sein neuestes Liebesgedicht gezeigt habe, noch viel mehr. Er passt einfach perfekt zu mir. Wir gehören zusammen wie Vokal und Konsonant. Und zusammen sind wir dann ein Wort und ergeben Sinn.
Marie möchte morgen einen Liebestrank brauen, damit sie nie wieder eifersüchtig sein muss. Die Arme, sie kämpft immer mit ihrer Angst, Holger zu verlieren. Dabei liebt Holger sie über alles. Sie braucht sich echt keine Sorgen machen.
Ich hatte vor Kurzem auch so einen Eifersuchtsanfall. Da hat David mit Viola (die echt megagut aussieht) einen Foto-Liebes-Roman gemacht. Und obwohl David mir eigentlich null Grund zur Eifersucht gegeben hat, bin ich aus dem Gefühl nicht mehr rausgekommen. Zum Glück ist das vorbei. Wenn wir den Fall hier gelöst haben, versuche ich mich auch mal an einem Liebesgedicht für David. Hoffentlich wird es nicht zu kit-

schig. So schön wie David bekomme ich es sicher nicht hin. Das geht ja auch gar nicht, denn es ist einfach genial. Ob ich ein Liebes-Krimi-Gedicht schreibe?

Mail XY ... ungelöst

Brrrrrr, brrrrrr. Marie öffnete die Augen. Was war das? Irgendetwas brummte unter der Bettdecke. Plötzlich fiel es ihr ein. Der Wecker! Sie hatte das Handy gestern Abend mit ins Bett genommen, weil sie gehofft hatte, so Kim und Franzi nicht zu stören. Die konnte sie dann immer noch wecken, wenn sie im Bad fertig war.

Auf dem Display blinkte eine Nachricht von Holger. Viele Herzen. Und er wünschte Marie einen guten Morgen und einen noch besseren Tag. Wie süß! Er dachte an sie! Sogar so früh am Morgen. Ein kurzer Schlechtes-Gewissen-Anfall befiel sie. Holger war einfach der beste Freund, den sie sich vorstellen konnte. Er war immer für sie da und hörte ihr bei jedem Problem zu. Und sie? Sie würde sich gleich auf den Weg machen, um einen Liebestrank zu brauen, weil sie ihm einfach nicht genug vertraute. Dabei gab es überhaupt keinen Grund zur Eifersucht. Es war schon lange her, dass Holger sich in ein anderes Mädchen verliebt hatte. Doch er war zu ihr zurückgekehrt, und seitdem verging kein Tag, an dem er ihr nicht sagte, dass er sie

sehr liebte. Und trotzdem: Sie hatte einfach kein gutes Gefühl, wenn er so viel Zeit mit seiner hübschen Nachhilfelehrerin verbrachte. Man konnte doch nie wissen, oder?
Schlecht gelaunt, weil sie sich über sich selbst ärgerte, pfefferte Marie ihr Handy in den Rucksack und ging ins Bad.

»Ich kann mir einfach nicht vorstellen, dass das Zeug *nicht* widerlich schmeckt«, meinte Kim, als sie nach dem Frühstück auf dem Weg zu Hilde Blomsts Kräuterzelt waren. »Ich befürchte, du kannst es ihm nicht einfach ins Müsli kippen oder in die Limo. Außerdem sollte Holger wissen, was er trinkt.«
»Das ist ja logisch, dass ich ihm den Trank nicht unterjubele«, meinte Marie. Sie fühlte sich ertappt. In Wirklichkeit hatte sie genau das vorgehabt: Holger den Trank irgendwo reinzuschütten. Aber Kim hatte recht. Das wäre mehr als unfair, und umgekehrt wäre sie sehr sauer, wenn Holger so etwas machen würde. Sie schämte sich. »Aber ich muss ihm ja nicht auf die Nase binden, dass es wegen der Eifersucht ist. Ich verkaufe es als *Stärkung der Liebe* oder so. Ich denke mir noch einen romantischen Namen und eine romantische Situation aus.«
»Ich beneide ihn nicht.« Kim schüttelte sich. »Aber aus Liebe zu dir wird er schon mitmachen. Was den Trank eigentlich wieder sinnlos macht, aber du musst schließlich wissen, was du tust.«
Alles war noch still auf dem Mittelaltermarkt. Kein Wunder, es war ja auch noch nicht einmal richtig hell. Die Glut des großen Lagerfeuers vor dem Teezelt glühte sanft orange. Sobald ein Windhauch hineinfuhr, wurde die Farbe intensiver und ein

wenig Asche stob auf. In diesem Augenblick bewegte sich der Vorhang am Kräuterzelteingang und eine Gestalt huschte heraus. In der Hand hatte sie ein Glasfläschchen, das sie schnell in der Jackentasche verschwinden ließ.

Marie erkannte die rote Jacke. »Hendrik?«, fragte sie. »Bist du das?« Die Gestalt zuckte zusammen. Hendrik drehte sich um und lachte heiser. »Ich konnte nicht mehr schlafen. Also bin ich ein wenig spazieren gegangen.«

»Das trifft sich prima«, schaltete sich Franzi ein. »Wir wollten dich noch be... äh ... etwas fragen«, korrigierte sie sich schnell.

»Was denn?« Hendrik wischte sich nervös mit der Hand über die Stirn. »Verschiebt sich unser Treffen nachher? Ich hoffe nicht, denn ich kann, glaube ich, gar nichts mehr.«

»Nein, nein«, beruhigte Franzi ihn. »Uns ist nur etwas Komisches aufgefallen, als wir gestern auf der Homepage der Tresorfirma waren. Kann es sein, dass du da auf einem der Mitarbeiterfotos bist?«

Zu Maries Erstaunen nickte Hendrik. »Ja, klar. Ich arbeite bei *Sicherheinz*. Ich bin sogar der Sohn vom Chef«, sagte er.

»Warum hast du uns das gestern nicht gesagt?«, fragte Kim.

Hendrik zuckte mit den Schultern. »Keine Ahnung. Ich fand es wohl nicht wichtig.«

»Nicht wichtig?« Kim schrie die Worte beinahe.

Marie fasste sie beruhigend am Arm. »Du könntest Insider-Informationen haben, wie man den Tresor knackt.«

Henrik sah Kim erschrocken an. »Ich bin im Vertrieb tätig. Von Technik habe ich keine Ahnung«, verteidigte er sich.

»Das ist aber schon ein seltsamer Zufall, dass der Sohn der Firma, die den geknackten Tresor hergestellt hat, den Bräutigam spielt. Da ist etwas oberfaul.«
»Ein Zufall ist es auch nicht. Als wir vor ein paar Jahren den Tresor für die Schönburg gefertigt haben, habe ich die Schönburger Hochzeit und ... und ... na ja ... alles hier kennengelernt. Und wollte gerne mitmachen.« Hendrik zippelte fahrig am Ärmel seiner Jacke herum. »Dieses Jahr hat es geklappt. Deshalb bin ich hier. Und ich brauche Franzi, um mich auf ein Pferd zu trauen.« Er lächelte Franzi lieb an.
Doch die drei !!! musterten ihn weiter kritisch.
»Und was versteckst du vor uns? Warum warst du zu nachtschlafender Zeit bei Hilde Blomst? Und warum bist du so zappelig?«, fragte Marie misstrauisch.
Irgendetwas stimmte mit Hendrik nicht, das spürte sie.
»Ich ... ich ...«, druckste Hendrik herum. Er betrachtete intensiv seine Turnschuhspitzen. »Bitte, das kann ich euch nicht sagen. Es hat nichts mit dem Diebstahl zu tun. Ihr müsst mir glauben. Es ist ... ist ... etwas komplett anderes.«
Er sah auf.
»Ehre, schwöre?«, fragte Kim.
»Ehre, schwöre!«, antwortete Hendrik ernst.

Hilde Blomst schüttete ein paar getrocknete Veilchen in einen Mörser und goss eine durchsichtige Flüssigkeit dazu. »Und jetzt reiben«, sagte sie zu Marie. »Veilchen sind gut für die Wärme der Herzen.«

Marie drehte den Marmorstößel langsam hin und her. Die Veilchen verströmten einen angenehmen Duft. In der schweren Marmorschüssel befanden sich nun schon an die zehn verschiedene Kräuter und einige Blüten.
Hilde Blomst hatte den drei !!! und besonders Marie viele Fragen zu Holger und ihrer Beziehung gestellt. Marie sah ihre beiden Freundinnen an und seufzte. Franzi und Kim hatten so schöne Worte gefunden. Sowohl für sie als auch für Holger und seine Gefühle. Hilde Blomst hatte sofort gewusst, welche Kräuter und Blüten in den Trank hineinsollten. Zu dem Trank wollten sie anschließend auch noch ein passendes Raumspray destillieren.
»Nun hältst du deine Hände über den Sud und sendest deine ganze Liebe hinein. Dabei singst du: VIM – ein kraftvolles Mantra.« Hilde Blomst stellte sich neben sie und tönte: »VIM. VIM. VIM. Komm, stimm mit ein!«
Marie kräuselte die Nase und blickte Franzi und Kim Hilfe suchend an. VIM? Ach nee, das war ihr nun doch peinlich. Vielleicht konnte sie es auch ganz leise murmeln?
»VIM«, hauchte sie mehr, als dass sie sang.
»Lauter«, forderte Hilde Blomst. »Los, ihr beiden, macht auch mit. Ein Mantra, das von mehreren gesprochen wird, ist immer kraftvoller!«
Kim winkte ab. »Ich nicht«, sagte sie bestimmt, stand auf und betrachtete die Sträuße getrockneter Blumen.
Franzi setzte sich neben Marie und sang leise: »VIM«. Marie fiel lauter mit ein, dann Hilde Blomst.

Endlich war Hilde Blomst zufrieden und entzündete ein kleines Feuer. Nun kam das Raumspray an die Reihe. Hilde goss die Hälfte des Tranks in einen Topf, in den eine passende Schüssel gehängt war. Darauf war ein Glasdeckel, an dem der Dampf wieder zu Wasser wurde und genau in die Schüssel tropfte.
»Das Wasser destilliert in die Schüssel, nimmt den Duft aber mit«, erklärte Hilde Blomst. »Aus diesem Hydrolat machen wir ein Raumspray«, sagte Hilde Blomst. »Damit kannst du deinem Zimmer immer die besondere Note eurer Liebe geben.«
Marie und Franzi sahen fasziniert zu, wie sich die Schüssel nach und nach füllte. Aus dem Augenwinkel bemerkte Marie, wie Kim sich vergewisserte, dass Hilde Blomst gerade mit dem Hydrolat beschäftigt war. Dann witschte sie zu einem kleinen Tischchen, das in der Ecke stand, und kramte darauf herum. Kim wirkte wie erstarrt. Was hatte sie nur entdeckt? Marie wollte ihr unbedingt noch etwas Zeit verschaffen, deshalb fragte sie Hilde Blomst weiter über Hydrolate und deren Einsatzmöglichkeiten aus. Frau Blomst lächelte geschmeichelt und gab Marie bereitwillig Auskunft.
»Wie geht es Ihnen nach dem Diebstahl des Buches?«, platzte Franzi plötzlich heraus. »Es sollte Ihnen heute übergeben werden, hat uns Frau Thiese erzählt.«
Hilde Blomst verzog keine Miene. »Stimmt. Ich hatte mich sehr auf das Buch und natürlich vor allem auf seinen Inhalt gefreut. Anna und ich hätten damit vielfältigere und spannendere Produkte anbieten können. Dieser Traum hat sich nun zerschlagen. Warum? Manches kann man nicht ergründen.« Sie streckte

die Arme nach oben. »Wer weiß schon, was der Weltgeist mit uns vorhat? Ich lasse mich treiben.«

»Haben Sie eine Idee, wer Interesse daran haben oder einen Nutzen daraus ziehen könnte, das Buch verschwinden zu lassen?«, hakte Marie nach.

»Alle und auch wieder niemand«, antwortete Hilde Blomst knapp. »Jemand Speziellen kann ich euch nicht nennen.« Sie seufzte. »Ich glaube, dein Liebestrank ist fertig, Marie.«

Marie füllte den Trank in ein braunes Glasfläschchen ab. Der Duft war sehr lecker. Kräuterig mit leichtem Blütenduft. Wenn ihre Liebe so roch, konnte nichts mehr schiefgehen.

In diesem Moment trat Kim zu ihnen. Sie sah verwirrt aus.

»Wie weit seid ihr?«, fragte sie aufgeregt. Dann flüsterte sie so leise, dass Hilde Blomst es nicht hören konnte: »Ich muss euch dringend etwas erzählen.«

Wenn Kim diesen Blick hatte, dann durfte man nicht zögern, das wusste Marie.

»Fast fertig«, antwortete sie. »Nur noch das Hydrolat in die Pumpflasche und wir können abzischen.«

»Ihr glaubt nicht, was ich gesehen habe«, sagte Kim, als sie aus dem Zelt traten. »Hilde Blomst hatte ihr Tablet dabei. Auf dem Mittelaltermarkt!«

»Und deswegen mussten wir so übereilt aufbrechen?« Franzi zuckte mit den Schultern. »Ist gegen die Regeln, aber ich glaube, jeder außer Günther Lamprecht verstößt hier gegen die Regeln. Mit Telefonen, Armbanduhren, Thermounterhosen ...«

»Das ist ja noch nicht alles«, beeilte Kim sich zu sagen und musste einer Gauklerin ausweichen, die auf einem Einrad an ihnen vorbeifuhr.
Dabei jonglierte die Gauklerin mit Äpfeln. Sie fing die Äpfel geschickt auf, sprang vom Einrad und beugte sich zu Marie. Sie ließ einen der Äpfel neben Marie auf den Boden plumpsen. »Der alte Spruch hat recht. Der Apfel fällt nicht weit vom Stamm. Und hier ist nichts, wie es scheint. Und doch ist alles miteinander verwoben!«
Die Gauklerin hob den Apfel auf, schwang sich auf das Einrad und fuhr schlingernd davon.
War das nicht die Gauklerin von gestern gewesen? Die sie so intensiv angeblickt hatte?
»Das war seltsam, oder? Wollte sie uns damit etwas sagen?«
»Diese Gaukler sind doch alle ein wenig merkwürdig«, meinte Franzi. »Ich würde da nicht viel drauf geben.«
»Ich will euch die ganze Zeit etwas noch viel Merkwürdigeres erzählen«, meldete sich Kim zu Wort. »Und zwar, was ich auf dem Tablet von Hilde Blomst gesehen habe. Das E-Mail-Programm war geöffnet und ich habe etwas herausbekommen: Sie hat Streit mit jemandem.« Kim holte ihr Handy hervor und zeigte Marie und Franzi, was sie abfotografiert hatte.
»Absender Judy-two-eyes@gigglemail.com«, las Marie laut vor. »*Komme wieder!* Und darunter die Antwort von Hilde Blomst: *Ich habe dir schon letzte Woche gesagt, es ist zu spät. Lass mein Leben ...*« Marie presste die Lippen aufeinander. »Hier hört die Mail auf. Hilde Blomst wurde offensichtlich unter-

brochen. Klingt nicht so, als könnten wir daraus schlau werden.«

»Stimmt«, gab Kim zu. »Sehr viele Informationen liefert uns das nicht. Aber ein paar schon. Wir wissen, dass Hilde Blomst Schwierigkeiten mit einer *Judy-two-eyes* hat. Vielleicht sogar von ihr bedroht wird.«

»Richtig«, bestätigte Franzi. »Das hat man ihr aber gar nicht angemerkt. So wie gestern den Diebstahl des Buches. Irritierend. Hilde Blomst ist mir zu tiefenentspannt. Ich nehm ihr das nicht ab.«

»Alle und auch wieder niemand«, zitierte Kim Hilde Blomst. »Was ist das denn für eine Antwort? Ich denke, sie tut so spirituell, weil sie einfach nichts dazu sagen möchte.«

»Wie gut, dass ich euch treffe!« Frau Thiese kam mit offenem, wehendem Mantel auf sie zu. Sie reichte den drei !!! die Hand. »Ich wollte euch sagen, dass wir beschlossen haben, die Feierlichkeiten wie geplant durchzuziehen. Hendrik wird auf dem Pferd einziehen, Anna und er werden miteinander sprechen und eine Tasse heißen Holunderblütentee unter dem blühenden Holunderbusch trinken.«

Marie wunderte sich. Blühender Holunderbusch? Jetzt im Oktober? In der Legende war es so, aber jetzt war es kalt. Und kein einziger Busch blühte.

Frau Thiese schien Maries verwunderten Blick bemerkt zu haben und sagte: »Die Kindergärten in Schönburg haben weiße Papier-Holunderblüten gebastelt. Die haben wir als Schmuck an die Büsche gehängt. Es soll doch alles so echt wie möglich aussehen. Trotz des Diebstahls wollen wir uns die Feier nicht verderben lassen. Es wird zwar anders als geplant, aber schön soll es schon werden. Apropos Diebstahl ... habt ihr etwas herausbekommen?«

Marie wiegte den Kopf hin und her. Dann erzählte sie Frau Thiese von Günther Lamprecht und Hendrik. »Wir sind gerade dabei, Günther Lamprecht einen Besuch in seiner *Pausenjause* abzustatten.«

Frau Thiese nickte. »Vielleicht kann ich dann auch noch einmal mit ihm sprechen. Das mit der Lizenz sehe ich nämlich nicht so eng wie mein Kollege im Rathaus. Und ganz unrecht hat er auch nicht, wenn er sich über Hannes Wolter beschwert.«

Beinahe beschwingt lief sie den Burggraben weiter entlang zu den Imbissbuden, die gerade ihre Luken öffneten.

Günther Lamprecht hatte das Brett an der Luke bereits hochgeklappt, und Marie konnte sehen, wie er mit einem Feuerstein und Zunder Feuer machte. Hoppla, der Mann nahm es mit den mittelalterlichen Methoden wirklich ziemlich genau! Sogar das Feuermachen fiel darunter.

»Guten Morgen, Herr Lamprecht«, begrüßte ihn Frau Thiese und schnupperte. »Das riecht vorzüglich.«

»Sparen Sie sich das Gesäusel«, brummte Günther Lamprecht. »Sie freuen sich doch, wenn Sie mich loshaben. Aber das werden Sie nicht! Dafür habe ich gesorgt.« Er wischte sich die Hände an der Schürze ab und kam aus der Bude.

Das war die Gelegenheit für Marie: Unbemerkt entfernte sie sich und ging Schritt für Schritt von der Seite auf die Imbissbude zu. Die Tür war offen und Frau Thiese und Herr Lamprecht waren mittlerweile in ein lautstarkes Gespräch vertieft. Sehr gut! Dann konnte sie unbemerkt hineinschlüpfen und sich in Ruhe umsehen. Sie drehte sich um und duckte sich. Dann stieg sie die beiden Stufen in die Hütte hinein. Es war geräumiger, als sie erwartet hatte. Unter dem Tresen waren fein säuberlich die Zutaten gelagert, die Günther Lamprecht für seine Fladen benötigte. Einige von ihnen waren in durchsichtigen Plastikschüsseln. Hundertprozentig mittelalterlich war Herr Lamprecht also doch nicht. Zumindest, wenn man hinter die Kulissen sah. Marie zog Schüssel um Schüssel aus den Regalen. Knoblauch, Zwiebeln, Salat, Dill, Petersilie. Nichts, was sie mit dem Diebstahl in Verbindung bringen konnte.
Aber was war das? Eine Schublade an der Kommode stand etwas offen und ein Stück durchsichtigen Stoffs hing heraus. So sah das Bündel aus, das Herr Lamprecht gestern durch die Gegend getragen hatte. Vorsichtig zog sie die Lade ganz auf. Tatsächlich: Da lag das Buch! Marie wagte kaum zu atmen, und ihr Herz pochte laut, ihre Schläfen puckerten. Jetzt musste sie sich schnell entscheiden. Sie könnte das Buch für Frau Thiese zurückklauen. Oder sollte sie es lieber hierlassen und die anderen später informieren?
Günther Lamprechts Stimme wurde lauter. Er kam näher. Marie riss sich den Rucksack vom Rücken, stopfte das eingeschlagene Buch hinein und schob die Lade wieder zu.

»Was machst du hier?« Günther Lamprecht stand in der offenen Tür der Hütte und funkelte sie zornig an.
Marie starrte entgeistert zurück. Verdammt. Was sollte sie jetzt tun? Wo waren alle schlagfertigen Antworten, die sie doch immer parat hatte? Ihr Gehirn fühlte sich an wie eine uneingerichtete Neubauwohnung. Leer und ohne Nägel, um Gedanken daran aufzuhängen. Sie saß in der Falle. »Ich ... äh .... wollte ...!«, stammelte sie.
»Hier dürfen keine Besucher hinein. Sonst hab ich auch noch das Gesundheitsamt am Hals«, meckerte Günther Lamprecht.
»Tut mir leid«, meinte Marie. »Der Serviettenspender war leer. Und ich wollte den Fleck hier«, sie drehte sich um und zeigte auf den Schmierer an ihrem Po, »rauskriegen. Ich dachte, drinnen sind bestimmt noch welche.« Mit einer zerknirschten Miene nahm sie ihren Rucksack und wollte hinaus.
Günther Lamprechts Gesicht war nicht mehr ganz so wütend. Er schnappte sich eine Serviette und hielt sie ihr hin. »Das nächste Mal fragst du aber!«
»Entschuldigung. Klar.« Erleichtert verließ Marie die *Pausenjause*. Ihr Plan hätte ebenso gut schiefgehen können. Egal. Das Risiko war es wert gewesen.
Sie hatte den Fall gelöst!

»Kommt schnell mit!«, rief Marie Franzi und Kim zu. »Sie auch, Frau Thiese. Es wird alles gut!« Zügig ging sie an den Buden und Marktständen vorbei, bis sie außer Sichtweite der *Pausenjause* waren.

»Haltet euch fest.« Sie öffnete ihren Rucksack. »Ich habe das Buch gefunden. Günther Lamprecht hatte es in der Hütte versteckt. Er war es. Er hat den Diebstahl begangen.«
»Was? Das ist unglaublich! Marie, du bekommst eine mittelalterliche Ehrenmedaille, du Genie!« Kim strahlte und klopfte Marie anerkennend auf den Arm.
Marie lächelte stolz und holte das Paket heraus. Sie wickelte Bahn für Bahn den Stoff ab und der dicke braune Einband des Buches kam zum Vorschein. Bemerkenswert, wie gut das Leder erhalten war, dachte sie. Da sind gar keine Flecken und es ist überhaupt nicht brüchig.
»Das ist nicht das Buch«, sagte Kim in diesem Moment. »Es sieht so aus wie das Buch, vorne drauf ist der Titel und es hat das gleiche Format. Es ist aber nicht alt.«
Marie, Franzi und Frau Thiese starrten auf das Buch in Maries Händen und nickten.
Mit zittrigen Fingern schlug Marie es auf. Nein, oder? Das konnte doch einfach nicht möglich sein! Sie begann zu kichern und konnte überhaupt nicht mehr aufhören. »Wisst ihr, was das ist?«, japste sie. »Ich lese mal vor: *Sieglindes Spinatdinkelfladen, 6 Taler, Reingildes Raukenkraut mit Radieschen und Rosenkohl, 8 Taler, Wunnibalds Wurzelgemüse, 7 Taler.*«
»Klingt wie eine Speisekarte«, bemerkte Franzi.
»Das klingt nicht nur so, das *ist* eine Speisekarte«, bestätigte Marie. »Und jetzt passt das alles auch zusammen!«
»Du sprichst in Rätseln«, meinte Franzi.
»Die Skizzen! Die waren dafür!« Sie hielt das Buch hoch.

»Lamprecht will so authentisch sein, dass er seine Speisekarte wie das Buch gestaltet hat. Wir müssen es zurückgeben.«
Frau Thiese schlug die Hände vors Gesicht. »Das wird unangenehm. Aber es geht nicht anders. Hoffentlich hat er noch nicht gesehen, dass das Buch fehlt. Also los!«

Aber Günther Lamprecht hatte den Diebstahl bereits bemerkt. Als die drei !!! das Buch auf den Tresen legten, schwang er die Schöpfkelle wütend über seinem Kopf und schrie: »Ihr wart das? Und ich suche mich dusselig. Was in aller Welt wollt ihr denn mit meiner Speisekarte?«
»Es tut uns leid. Bitte seien Sie nicht sauer, wir können das erklären. Wir sind Detektivinnen und Frau Thiese hat uns beauftragt, den Dieb des wertvollen Buchs zu finden.«
»Und da habt ihr an mich gedacht?«, fragte Günther Lamprecht erstaunt. »Darf ich fragen, warum?«
»Sie hatten ein Motiv und auch kein Alibi«, erklärte Marie weiter. »Wir haben mitbekommen, wie Sie sich mit Hannes Wolter gestritten haben. Und eben auch, dass Sie eine Zeit lang nicht am Stand waren.«
»Nur weil ich den Markt so haben möchte, wie er auch vor 500 Jahren gewesen sein könnte, macht mich das noch nicht zum Verbrecher.«
»Das stimmt. Aber Sie haben Hannes Wolter gedroht und gesagt, dass Sie einen Plan haben, hier alles zu verändern. Abends haben wir Sie dann mit einem Paket in der Größe des Buches durch Schönburg laufen sehen. Zu einem Antiquariat.«

»Das wird ja immer besser«, knurrte Günther Lamprecht. »Ihr seid mir durch die halbe Stadt gefolgt?«
»Genau genommen durch die ganze.« Marie lächelte.
»Ihr glaubt also, ich bin so doof, mit einem gestohlenen Buch unter dem Arm herumzuspazieren. Herzlichen Dank.« In das Knurren mischte sich ein heiseres Lachen. »Madeleine, die das Antiquariat führt, ist Grafik-Designerin und macht ab und zu etwas für mich. Die Bude hier hat sie im Übrigen auch entworfen. Sie kennt sich aus und macht geschichtstreue Abbildungen. Genau das wollte ich für meine Bude. Eine Speisekarte, die genauso aussieht und sich genauso anfühlt wie das berühmte Buch!«
»Es sieht wirklich täuschend echt aus«, bestätigte Kim. »Und ich finde Ihre Idee toll! So machen Sie die Leute auf die *Pausenjause* aufmerksam und sicher möchte jeder gern sein Essen aus einer detailgenauen Replik aussuchen.«
Günther Lamprecht nickte zufrieden. »Das Mädchen hat es verstanden. Im Gegensatz zu Ihnen, Frau Thiese. Aber ich will mal nicht so sein. Sie haben vorhin von einer zweiten Chance gesprochen und die will ich Ihnen auch zugestehen. Ich nehme eure Entschuldigungen an. Mit dem da drüben«, er deutete auf den *Schmalztiegel*, der die Fenster noch nicht geöffnet hatte, »habe ich allerdings immer noch ein Hühnchen zu rupfen.« Er strich über die Leinenschürze, die sich über seinen kugelrunden Bauch spannte. »Na, was haltet ihr von einem zweiten Frühstück?« Er reichte Marie das Speisekartenbuch. »Sucht euch etwas aus. Ich lade euch ein.«

Der Baum des Lebens

»Das ist lecker!« Frau Thiese biss zum zweiten Mal herzhaft in den Mittelalterfladen. »Eigentlich esse ich gerne Schmalzkringel. Aber ich denke, ich werde in Zukunft abwechseln.«

Marie schleckte sich die Joghurtsoße vom Finger. »Zum Glück war Herr Lamprecht so nett. Der hätte allen Grund gehabt, richtig sauer auf uns zu sein.«

»Er hat wirklich cool darauf reagiert, dass du ihn bestohlen hast«, meinte Kim. »Es war allerdings auch der Beweis für ihn, dass sein Buch richtig echt aussieht.«

Marie überlegte kurz, ob sie empört sein sollte, schließlich hatte sie das Buch nicht wirklich gestohlen, ließ es aber sein.

»Übrigens ist mir noch etwas eingefallen, als ihr mir die Sache mit Hendrik erzählt habt«, sagte Frau Thiese plötzlich. »Ich bin mir jedoch nicht ganz sicher und müsste erst einmal nachsehen. Im Rathaus. Wollt ihr mitkommen?«

»Klar. Jetzt, wo wir einen Verdächtigen weniger haben«, meinte Kim, »müssen wir jedem Hinweis nachgehen. Sei er auch noch so klein.«

Das Schönburger Rathaus war alles andere als schön. Es war ein heruntergekommener Plattenbau mit fleckigen Wänden und scheußlichem Flachdach. Ganz anders als der Rest der Stadt.
»Ich weiß, was ihr jetzt denkt«, meinte Frau Thiese. »Wir sind dabei, Schönburg nach und nach zu restaurieren. Das Rathaus wurde im Zweiten Weltkrieg zerstört und dann wurde dieses Gebäude hier hingestellt. Leider steht es mittlerweile ebenfalls unter Denkmalschutz. Es ist ein Jammer.«
Sie gingen hinein und fuhren mit dem Aufzug in den dritten Stock.
Frau Thiese führte die drei !!! in ihr Büro. »Bitte entschuldigt die Unordnung«, sagte sie. »Ich habe erst vor vier Monaten Bürgermeister Blomst von seinem Posten abgelöst. Und der war ziemlich unordentlich. Ich bin immer noch damit beschäftigt, ein System zu finden, bei dem alles in die Regale passt. Aber wer weiß, vielleicht schmeiße ich auch erst einmal alles raus. Gute Lust dazu hätte ich!«
Marie wusste sofort, was Frau Thiese meinte. Das Büro war fürchterlich vollgestopft – Akten, Flyer, nicht aufgehängte Poster und anderer Kram türmten sich, wohin man sah –, dass man sich kaum rühren konnte.
»Blomst?«, fragte Kim neugierig. »Ist der ehemalige Bürgermeister mit Hilde Blomst verwandt?«
Frau Thiese nickte. »Verwandt nicht direkt. Er ist ihr Ex-Mann. Er ist in eine andere Stadt gezogen, weil er nach der Trennung noch einmal ganz neu anfangen wollte.«
»Kannte er den Code für den Tresor?«, fragte Kim.

Frau Thiese zuckte mit den Schultern. »Ich gehe schon davon aus. Alle Codes liegen bei uns im Rathaus-Tresor. Ich kann über das Sekretariat an den Schlüssel kommen und nehme an, dass Herr Blomst das auch konnte.«

»Haben Hilde Blomst und ihr Mann sich im Guten getrennt?«, fragte Franzi weiter. »Denn es könnte doch gut sein, dass er seiner Frau eins auswischen wollte. Dass er den Tresor geöffnet und das Buch entwendet hat?«

»Das ist rein theoretisch möglich«, antwortete Frau Thiese. »Nur rein praktisch glaube ich nicht, dass es die richtige Spur ist. Die beiden haben trotz Trennung sehr harmonisch gewirkt. Schließlich haben sie eine gemeinsame Tochter – Anna!«

»Haben Sie die neue Adresse von Herrn Blomst?«, wollte Kim wissen.

Frau Thiese nickte, hob den Hörer ab und telefonierte kurz mit ihrer Sekretärin. »Geht nachher noch zu ihr und holt euch die Adresse ab«, sagte sie. »Aber jetzt interessiert mich, was da mit Hendrik und *Sicherheinz* war. Lasst mich mal in den alten Scans schauen. Da müsste die ganze Korrespondenz gespeichert sein.«

Dann setzte sie sich an den Schreibtisch und fuhr den Computer hoch. Es dauerte eine Minute, dann sagte sie: »Irgendetwas klingelte bei mir, als ihr erwähnt habt, dass Hendrik bei der Firma *Sicherheinz* arbeitet. Und hier habe ich es!« Sie drehte den Bildschirm, sodass die drei !!! mit hineinsehen konnten.

»Das ist hochinteressant. Der Tresor wurde zwar von der Stadt Schönburg in Auftrag gegeben, allerdings bekamen wir

niemals eine Rechnung. Nur die Information, dass *Sicherheinz* Schönburg den Tresor schenkt. Es gab allerdings eine Bedingung: Der Sohn, Hendrik, wollte gerne den Ritter spielen.« Frau Thiese klickte weiter. »Hier ist das Antwortschreiben: Bürgermeister Blomst hat ihm gerne zugesagt. Für dieses Jahr.« Kim zog die Augenbrauen nach oben. »Und was schließen wir daraus? Hendrik hat sich die Rolle des Ritters erkauft. Das wirft ein ziemlich merkwürdiges Licht auf ihn.«
»Ehrlich gesagt verstehe ich überhaupt nicht, warum er den Ritter unbedingt spielen will. Er kann nicht reiten und die super Schauspielrolle ist es auch nicht«, überlegte Franzi. »Da muss etwas dahinterstecken. Etwas, das er uns nicht sagen wollte.«
»Wir müssen ihn mit diesen neuen Fakten konfrontieren«, meinte Marie. »Wir sehen uns später, Frau Thiese?«
Frau Thiese nickte. »Ja, bis später. Ich überarbeite jetzt meine Rede. Die Buchübergabe muss ich rausstreichen und mir stattdessen etwas überlegen. Mal sehen, vielleicht trinken wir alle eine zweite Tasse Holunderblütentee.« Sie lachte und winkte den drei !!! zum Abschied.

Zwei Minuten später hatten sich die drei !!! bei der Sekretärin die Adresse und Telefonnummer von Herrn Blomst geben lassen und waren auf dem Weg nach draußen.
Kim tippte die Nummer in ihr Handy, doch Marie hielt sie zurück. »Warte. Lass uns erst in Ruhe die Lage peilen, okay? In mir stolpern die neuen Informationen übereinander. Die muss ich erst mal sortieren.«

»Du hast recht«, meinte Franzi und zeigte auf einen bunten Behang, der an der Wand neben dem Sekretariat angebracht war. »Was ist das denn für ein riesiger Staubfänger?«
Marie betrachtete den Teppich genauer. Er war mit einem großen Baum bestickt und in den Blättern standen Namen und Jahreszahlen – in goldenen feinen Buchstaben. Auf einer silbernen Plakette entdeckte Marie eine Gravur: *Schönburger Baum des Lebens.*
Die Tür ging auf und die Sekretärin, die ihnen die Nummer gegeben hatte, trat mit einem Aktenstapel in der Hand heraus.
»Interessiert ihr euch für den Stammbaum der Burgfamilie? Er ist gerade hier und nicht auf dem Schloss, weil er ergänzt wurde. Anna Blomsts Name wurde hineingestickt!«
Sie zeigte auf eines der oberen Blätter. Tatsächlich. *Anna Blomst, geboren 1998,* stand darauf.
»Und es ist noch viel Platz nach oben«, erklärte die Sekretärin stolz. »Annas Töchter, falls sie welche bekommt, werden auch eigene Blätter bekommen.«
»Nur die Töchter?«, fragte Franzi erstaunt.
Die Sekretärin nickte. »Das wollte Ottilie so. Nur die weiblichen Nachkommen bekommen ein eigenes Blatt.«
Marie verfolgte den Zweig weiter nach unten. Es stimmte. Alle Frauen hatten eigene Blätter. Unter Anna war das Blatt von Hilde, ihrer Mutter. Geboren 1965. Und daneben? Marie kniff die Augen zusammen, um besser sehen zu können. »Judith von Laubsaum«, entzifferte sie mühsam. »Geboren 1963. Hilde Blomst hat also eine ältere Schwester?«

Die Sekretärin zuckte mit den Schultern. »Blatt neben Blatt bedeutet Geschwister. Ist mir nie aufgefallen, aber der olle Teppich hängt sonst auch in der Burg. Keine Ahnung. Von einer Judith habe ich nie gehört.«
Damit verschwand sie durch die nächste Glastür.
Marie starrte auf den Teppich. Irgendetwas irritierte sie. Und gleichzeitig war sie aufgeregt, so als hätte sie die Lösung vor Augen. Der *Schönburger Baum des Lebens* spielte dabei eine wichtige Rolle, das spürte sie deutlich. Fieberhaft versuchte sie, sich an alle Gespräche und Begegnungen der letzten 24 Stunden zu erinnern. Was hatte sie gehört oder gesehen, was in Zusammenhang mit diesem Stammbaum stand?
»Was ist denn los mit dir, Marie?«, hörte sie Kim fragen. »Willst du hier Wurzeln schlagen?«
Marie blickte auf. »Moment noch. Ich muss kurz nachdenken. Irgendetwas will mir dieser Stammbaum sagen, ich weiß nur noch nicht, was.«
»Vielleicht musst du den Baum umarmen, dann kannst du mit ihm sprechen.« Kim grinste.
Doch Marie hörte gar nicht richtig hin. Ihre Gedanken schweiften von Hilde Blomst zu Waldemar Heuerlein und seinen Maschinen. Ratterten weiter zur *Pausenjause* und dem Buch im Tresor. Schweiften durch Schönburg, Günther Lamprecht hinterher. Weiter zur Legende von Ottilie und Heinrich. Und da stoppten sie. Natürlich! Das war es.
»Die nächste lebende weibliche Verwandte!«, rief sie.
»Was?«, fragte Franzi.

»Die soll das Buch bekommen! Und das ist nicht Hilde Blomst!«
Marie merkte, wie plötzlich Leben in Kim und Franzi kam.
»Marie, du bist genial!«, sagte Kim. »Das Buch müsste eigentlich an Judith übergeben werden. Hilde ist nämlich gar nicht berechtigt, es zu bekommen! Natürlich nur, wenn diese Judith noch lebt.«
»Zumindest steht da nur ein Geburtsdatum und kein Sterbedatum.« Marie deutete auf das entsprechende Blatt. »Wenn Frau Blomst das Buch nun gar nicht bekommen hätte, sie es aber doch sehr gut gebrauchen kann ... ja, dann hätte sie plötzlich ein Motiv für den Diebstahl«, überlegte sie weiter. »Und Anna auch ...«
»Na ja, das ist schon ziemlich weit hergeholt. Dann müsste Judith ja hier sein und Hilde Blomst das Buch streitig machen, oder? Aber sie ist nicht hier. Die Sekretärin hat noch nie von ihr gehört, obwohl in der kleinen Stadt doch wirklich jeder jeden kennt.« Franzi sah auf die Uhr und trat von einem Fuß auf den anderen. »Tut mir leid, ich muss zu meiner Verabredung mit Hendrik. Ich muss ihn unbedingt fragen, warum er so dringend der holde Ritter auf dem Pferd werden wollte. Ihr könnt euch ja in der Zwischenzeit auf diese mysteriöse Judith konzentrieren.«
»Ich weiß gar nicht, wo wir da anfangen sollen«, meinte Marie.
»Ich denke, wir kommen erst mal mit dir.«

Alles anders

»Franzi, gut, dass du da bist!« Hendrik stand außerhalb der Koppel und hatte Mirandas Zaumzeug in der Hand. Verzweifelt ließ er es hängen, und obwohl Marie alles andere als eine Pferdekennerin war, erkannte sie sofort, dass er es falsch herum hielt.

Anna war bei Miranda in der Koppel und tätschelte ihren Hals. »Ich wollte ihm helfen«, erklärte sie Franzi. »Aber ich kenn mich mit Pferden auch nicht aus. Ich befürchte, ich habe es nur schlimmer gemacht.«

Mist. Anna war dabei. Dann konnten sie Hendrik nicht auf seinen merkwürdigen Wunsch ansprechen. Das war ihm dann bestimmt unangenehm.

Franzi kletterte über den Holzzaun und ging auf die braune Stute zu. Sie strich ihr über die weiche Nase, holte ein Stück trockenes Brot aus ihrer Tasche und hielt es Miranda hin. »Guten Morgen, meine Schöne!«

Miranda schnaubte und stupste an Franzis Hosentasche. »Leider habe ich nichts mehr«, sagte Franzi bedauernd. »Aber heute Nachmittag, wenn du schön Ritterpferd gespielt hast, bringe ich dir eine Karotte als Belohnung mit.« Sie wandte sich an Hendrik. »Gib mir mal ihr Zaumzeug.« Mit zwei Handgriffen hatte Franzi die Lederriemen in Ordnung gebracht und stülpte sie Miranda über. Vorsichtig schob sie ihr die Trense ins Maul.

»Hey, du reitest mir aber jetzt nicht davon, oder?«, sagte Anna und knuffte Hendrik in die Seite. »Wir wollten doch die Teezeremonie proben. Ich habe extra eine Thermoskanne Holunderblütentee mitgebracht.« Sie stellte die Kanne und zwei Tassen neben Hendrik ins Gras und schlüpfte dann auf die Koppel, um Franzi zu helfen.

Hendrik lächelte nervös. »Wie könnte ich das vergessen? Danke, dass du den Tee mitgebracht hast.« Hektisch nestelte er an der Tasche seiner Jacke herum. Immer wieder sah er sich um, ob ihn jemand beobachtete. Doch Franzi, Kim und Anna waren vollauf mit Miranda beschäftigt. Marie tat so, als blicke sie versonnen auf die Burg im Morgenlicht. In Wahrheit ließ sie Hendrik keine Sekunde aus den Augen.

Der fühlte sich jedoch völlig unbeobachtet und zog eine kleine braune Flasche aus der Tasche.

Marie staunte. So eine hatte sie doch auch! In ihrer befand sich der Liebestrank, den sie für Holger und sich gebraut hatte. Hendrik schraubte den Verschluss des Fläschchens und den der Thermoskanne auf. Er vergewisserte sich ein letztes Mal, dass ihn auch niemand sah, und *schwupp!* goss er den gesamten Inhalt des Fläschchens hinein. Schnell ließ er es zurück in die

Tasche seiner Jacke gleiten, verschloss die Thermoskanne und schüttelte sie sanft. Ha! Das konnte doch nicht möglich sein. Hendrik hatte soeben einen Liebestrank in die Kanne gefüllt!
Lächelnd goss er den Tee in zwei Porzellantassen. Dann kniete er sich vor Anna auf den Boden und hielt ihr die Tasse hin.
Er begann seinen Text aufzusagen:

»Verehrtes Fräulein, darf ich Euch reichen
den Trank, der immerdar,
warm und heilsam durch die Kehle rinnet,
zusammen mit meiner Hand, die euch will
durchs Leben leiten?«

Er stoppte und blickte sie erwartungsvoll an. »War das gut?«, fragte er.
Anna nickte und nippte an der Tasse. Sie neigte den Kopf und antwortete:

»Verehrter unbekannter Ritter,
der im Traum schon lange wohnt in meinem Herzen.
Gerne nehme ich Trank und Hand.
Und sehe Euch nachher im Hochzeitsgewand.«

Marie seufzte. Das war ja schon ohne Kostüme total romantisch. Heute Nachmittag musste sie unbedingt eine Packung Taschentücher mitnehmen!
Anna lehnte sich an Hendrik und legte den Arm um ihn.

Marie sah ein zweites Mal hin. Der Blick, mit dem sie Hendrik ansah, der war auch neu. Sollte der Liebestrank gewirkt haben? So schnell? Das wäre ja unglaublich!

Detektivtagebuch von Kim Jülich
Samstag, 10:00 Uhr

Ich nutze die Zeit, die Franzi mit Hendrik übt, um mir über ein paar Dinge klar zu werden. (Und mir ein paar Eindrücke für meinen Artikel zu notieren.) Gerade sitze ich in der Nähe der Pferdekoppel auf einer Bank und schreibe mit dem Tagebuch auf meinem Schoß. Marie ist bei Hendrik, Anna und Franzi. Ich glaube, sie muss sich ein wenig ausruhen. Diese Liebestrankbrauerei vorhin war ganz schön aufregend. Warum, erzähle ich gleich.

Wir müssen zwei Verdächtige streichen, Waldemar Heuerlein und Günther Lamprecht. Da waren wir auf dem Holzweg. Allerdings haben wir auch eine Verdächtige dazugewonnen. Hilde Blomst. Wir hatten sie gar nicht auf dem Schirm, weil ihr das Buch ja eigentlich »gehört«. Und warum sollte sie etwas klauen, was sie sowieso bekommen soll?

Jetzt hat sich aber herausgestellt, dass Hilde Blomst gar nicht wirklich berechtigt ist, das Buch zu erhalten. Sondern ihre ältere Schwester Judith. Die Sekretärin kannte Judith nicht. Offensichtlich ist die Schwester von Hilde Blomst nicht greifbar. Nicht für Hilde und nicht für Frau Thiese.

Könnte es vielleicht sein, dass Judith das Buch gestohlen hat? Aber wenn, warum geht sie nicht den offiziellen Weg. Ich vermute, diese Spur hat noch so einige Rätsel parat. Hoffentlich können wir da bald Licht ins Dunkel bringen. Als Erstes müssen wir unbedingt mit Hilde Blomst sprechen.

Und Hendrik? Da sind auch neue Tatsachen ans Licht gekommen. Immer wenn ich ihn sehe, glaube ich, dass er unschuldig ist. Und dann erfahren wir wieder etwas Neues und ich werde doch unsicher. Gerade hat uns Frau Thiese erzählt, *Sicherheinz* hätte Schönburg den Tresor gespendet – unter der Bedingung, dass Hendrik den Ritter spielen darf. Hendrik wünscht sich, Ritter zu sein? Obwohl er Angst vor Pferden hat? Ich meine, da ist doch was oberfaul!!!!!

Geheimes Tagebuch von Kim Jülich
Samstag 10:26 Uhr

► Vorsicht! Finger weg. Wer das hier liest, der muss zusammen mit Waldemar Heuerlein ein funktionierendes Perpetuum mobile erfinden und bauen. So lange, bis es funktioniert, darf derjenige sich nur von angelutschten Hustenbonbons ernähren! Haha! Die Rache ist mein! ◄

Sie hat es wirklich getan. Marie hat für Holger und sich einen Liebestrank gebraut. Nach uraltem Rezept, mit merkwürdigen Mantra-Gesängen und wirklich ganz okayem Duft. Ich hoffe, es hilft ihr, sich sicherer zu fühlen.

Sie hat ein ganz falsches Bild (zumindest sehe ich das so) von Holgers Gefühlen. Ich merke nämlich ganz deutlich, dass er nur Augen für Marie hat und sie genau so mag, wie sie ist. Klar sind andere Mädels auch nett und hübsch. Aber Holger will nun mal nur sie und das glaubt Marie ihm nicht. Wir haben ihr heute gesagt, dass sie sich nicht zu wundern braucht, dass Holger so empfindet. Sie ist einfach toll: lieb, zuverlässig, klug und hat ein riesiges Herz. Was bleibt dem armen Holger also übrig, als sie zu lieben? Eben!

Als wir ihr das so gesagt haben (vor Hilde Blomst, was sich ein bisschen komisch angefühlt hat), musste sie sogar weinen vor lauter Rührung. Es ist doch immer wieder erstaunlich, dass so wenige Menschen sich selbst richtig einschätzen können.

Uaaah, warum habe ich nur aus lauter Überschwang gestern das Gedicht von David

vorgelesen? Jetzt bereue ich es. Das war schließlich ein ganz persönliches Liebesgedicht, und ich bin mir gar nicht mehr sicher, ob ich richtig gehandelt habe. Das Gespräch bei Hilde Blomst hat mir gezeigt, wie wichtig gegenseitiges Vertrauen ist. Ich hätte ihn erst fragen müssen, ob es ihm recht ist, dass ich es Marie und Franzi vorlese. Wenn ich wieder bei ihm bin, werde ich es ihm beichten. Ich hoffe, er ist nicht böse. Aber ich werde ihm auch sagen, dass die beiden es sehr gut fanden. Als ich es laut vorgelesen habe, klang es sogar noch besser als nur in meinem Kopf.
Vielleicht sollte ich ihm vorschlagen, als Nächstes einen gemeinsamen Liebesroman in Angriff zu nehmen?

»Liebesalarm«, flüsterte Marie, als Kim zu ihr zurückkam. »Es ist so süß. Hoffentlich kriegen sich die beiden!«
Kim sah ihre Freundin verständnislos an. »Bist du plemplem geworden? Von was sprichst du bitte schön?«
»Nicht von was. Von wem, muss die Frage lauten!«
»Also gut: Von *wem* sprichst du?«
»Von Hendrik und Anna!« Marie strahlte. »Schau dir die beiden einmal an. Merkst du den Unterschied?«
Anna strahlte Hendrik gerade an und lachte laut.
»Sieht so aus, als wäre Anna plötzlich total in Hendrik verknallt«, gab Kim zu.
»Finde ich eben auch. Gestern wirkte das doch überhaupt nicht so, oder? Hendrik ist uns heute Morgen aus Hilde Blomsts Zelt entgegengekommen. Und gerade habe ich ihn beobachtet, wie er den Inhalt eines kleinen braunen Fläschchens in die Thermoskanne gefüllt hat. So eines!« Sie zog den Liebestrank aus ihrer Tasche und hielt ihn hoch.

Kim nickte langsam. »Er hat einen Liebestrank in den Holunderblütentee geschüttet! Ob Hilde Blomst wusste, dass Hendrik den für ihre Tochter Anna braut? Bestimmt nicht.«
Marie beobachtete Hendrik, wie er auf Miranda stieg, und Anna, wie sie ihm stolz zunickte. Der Liebestrank war ein voller Erfolg gewesen. Dann würde die Sache bei ihr und Holger sicher auch klappen.
»Meinst du, wir können kurz ohne Franzi etwas besprechen?«, fragte Kim. »Mir ist da gerade ein Gedanke gekommen.«
»Klar. Schieß los. Aber lass uns bitte hier abseits vom Trubel bleiben. Ich hab langsam genug von den Flöten und Gauklern und Feuern. Ich bin echt froh, dass ich nicht im Mittelalter gelebt habe.« Sie setzte sich neben Kim auf eine Bank unter einen Ahorn, der in Rot-Grün-Gold glänzte, und wickelte ihren Schal um Kims und ihre Schultern. »Es ist ziemlich oktoberfrisch. Und wir wollen unsere Taschentücher heute Nachmittag für unsere Rührungstränen verwenden – und nicht für mögliche Erkältungsnasen.«
Eine Gruppe von Touristen schlenderte den Feldweg entlang und wollte wissen, ob man auf diesem Weg zur Burg kommen konnte. Kim erklärte ihnen, dass das gerade noch nicht möglich sei, die Burganlage aber gegen zwei Uhr für alle freigegeben würde. Enttäuscht zogen sie von dannen. Ein kleines Mädchen begann zu plärren, dass sie aber jetzt sofort den Ritter und die Prinzessin sehen wollte. Oder zumindest jede Menge Pferde.
»Vielleicht sollten wir die Kleine mit Finn bekannt machen«, schlug Marie vor und ließ die Beine baumeln. »Der kann ihr

dann ein Minnelied auf seinem Dudelsack vortröten. Stell ich mir ebenfalls ziemlich romantisch vor.«

»Stell ich mir eher ziemlich nervig vor«, antwortete Kim, musste aber auch grinsen. Dann hielt sie Marie das Display ihres Handys unter die Nase.

Doch bevor Marie einen Blick darauf werfen konnte, tauchte plötzlich wie aus dem Nichts Hilde Blomst auf. Mit drei Krügen in der Hand, die köstlich dufteten.

Jetzt oder nie

»Ich dachte mir, dass ihr beide vielleicht eine kleine Stärkung braucht?« Hilde Blomst reichte Kim und Marie die Krüge. »Keine Panik, nicht schon wieder Holunder. Das ist einfach nur warmer Kakao«, versicherte sie. »Wo ist denn Franzi?«
»Die übt mit Hendrik«, antwortete Marie.
Hilde ließ sich mit einem Ächzen auf die Bank plumpsen. »Dann trinke ich ihren Kakao eben selber.« Sie nahm einen großen Schluck.
Kim und Marie zögerten. Marie wusste, dass Kim die gleiche Frage im Kopf herumspukte. War der Kakao unbedenklich? Oder irgendetwas Magisches beigemischt? Doch der Gedanke, bei der kriechenden Kälte etwas Warmes im Bauch zu haben, war zu verführerisch. Marie traute sich als Erste. Was sollte schon passieren? Dass sie sich unsterblich in den herbstlichen Ahornbaum verliebte? Oder in Miranda, die gerade mit Hendrik auf dem Rücken in der Ferne vorbeitrabte? Eher unwahrscheinlich.
Hilde Blomst aber wurde nervös, als sie Hendrik sah. »Ihr

ermittelt in dem Fall Bücherdiebstahl, richtig? Ich muss euch unbedingt etwas zeigen, was ich entdeckt habe. Sie holte ihr Tablet unter der weißen Spitzenschürze hervor.
»Das ist aber nicht sehr mittelalterlich«, mahnte Kim.
»Ich weiß. Aber Günther ist der Einzige, der ganz mittelaltergetreu ist. Und selbst der wird Ausnahmen machen. Also: Ihr müsst wissen, was Hendrik gepostet hat.« Sie öffnete die Seite des Sozialen Netzwerkes und rief Hendriks Seite auf. »Da steht: *Ich kriege meinen Schatz! Es lebe die Zukunft!* Und darunter ein Selfie von ihm mit einer Teetasse in der Hand.«
Marie zog die Stirn in Falten. »Klingt eindeutig. Beinahe ein wenig zu eindeutig für meinen Geschmack. Glaubt ihr wirklich, Hendrik stiehlt das Buch und gibt anschließend damit in seinem Post an? Er kann sich doch denken, dass das rauskommt.«
Kim knibbelte vor Aufregung einen Hautfetzen an ihrer Lippe ab. »Ich weiß nicht. Wann hat er den Beitrag geschrieben?«
»Heute Morgen um halb acht. Da war das Buch schon gestohlen«, antwortete Hilde Blomst. »Ich wollte euch diesen Hinweis geben. Was ihr daraus macht, ist eure Sache. Ihr seid die Detektivinnen.«
»Danke, Frau Blomst«, sagte Kim. »Wir werden der Sache nachgehen. Aber erst nach dem Schauspiel. Wenn wir vorher den Ritter festnehmen lassen, kann man nämlich nichts mehr aufführen.«
Maries Augen verengten sich. Irgendetwas störte sie an der Art und Weise, wie die Kräuterfrau ihnen diese Nachricht präsentiert hatte. Sensationsgierig? Das traf es nicht ganz. Irgendwie

fühlte sie sich an die doofe Annabelle in der Grundschule erinnert. Die hatte jeden verpetzt. Mit dem gleichen schadenfrohen Blick wie jetzt Hilde Blomst. Und den mochte sie ganz und gar nicht.
»Wo ist eigentlich Judith?«, platzte Marie deshalb heraus.
Hilde Blomst erstarrte. Dann drehte sie ganz langsam den Kopf und fixierte Marie.
»Wie bitte? Welche Judith?«, fragte sie mit drohendem Unterton.
»Ihre Schwester?« Marie sah sie erwartungsvoll an.
»Ich habe seit zwanzig Jahren keine Schwester mehr.«
Marie ließ nicht locker. »Aber Sie hatten mal eine, oder?«
»Was soll die Frage? Du mischst dich in Dinge ein, die dich überhaupt nichts angehen.« Wütend funkelte Hilde Blomst Marie an. Doch kurz darauf veränderte sich ihr Gesichtsausdruck und sie schlug die Hände vors Gesicht. »Woher wisst ihr von Judith?«, schluchzte sie.
»Wir waren im Rathaus und haben uns den Stammbaum Ihrer Familie angesehen«, antwortete Marie nun viel ruhiger.
Hilde Blomsts Augen verengten sich und sie blickte in die Ferne. »Meine Schwester und ich waren einmal beste Freundinnen. Wir haben alles zusammen gemacht. Sind in den Urlaub gefahren, tanzen gegangen und haben jeden Abend zusammen gekocht. Sie hat sich ganz lieb um Anna gekümmert, als sie auf die Welt kam. Doch dann ist etwas passiert, was ich ihr bis heute nicht verzeihen kann: Unsere Eltern sind kurz nach Annas Geburt bei einem Autounfall ums Leben gekommen. Und wir

haben ein Haus und sehr viel Schmuck geerbt. Schließlich sind wir Teil der Burgherrenfamilie, der die Schönburg gehörte. Judith hat meine Unterschrift gefälscht, das Haus beliehen und dieses Geld und den ganzen Schmuck mitgenommen. Und ist damit verschwunden. Mein Mann und ich konnten die Kredite nicht zurückzahlen und mussten aus dem Haus ausziehen. Ich habe sie seit zwanzig Jahren nicht gesehen. Und ich will sie auch niemals wiedersehen.« Sie stand auf und strich sich den langen Leinenrock glatt. Dann nahm sie ein Stofftaschentuch zur Hand und schnäuzte sich trompetend hinein. Marie und Kim sahen sich bestürzt an. Offensichtlich hatten sie bei Hilde Blomst ganz alte Wunden aufgerissen.

»Das wussten wir nicht«, sagte Marie bedauernd. Sie strich Hilde Blomst über den Arm. Ihr Unbehagen war plötzlich völlig verflogen und sie wünschte sich, sie hätte Hilde Blomst nie auf ihre Schwester angesprochen.

Kim ging es offensichtlich genauso. Sie reichte der Kräuterfrau die Tasse mit dem warmen Kakao. »Hier, ganz austrinken. Schokolade macht glücklich!«

»Bravo, Hendrik«, hörten sie Anna plötzlich laut rufen. »Du sitzt sehr sicher. Dir kann nichts mehr passieren!«

Hendrik, der übers ganze Gesicht strahlte, Franzi und Anna kamen den kleinen Feldweg entlang auf Kim, Marie und Hilde Blomst zu.

Man sah es der Kräuterfrau kaum mehr an, dass sie gerade so bitterlich geweint hatte. Nur ihre Augen waren noch leicht gerötet.

»Hallo, ihr beiden, hallo, Mama!« Anna hob grüßend die Hand. »Ich bin dermaßen aufgeregt, ich weiß nicht, wie ich die Stunden bis drei Uhr rumbekommen soll!«, stöhnte sie.
»Badewanne«, sagten Franzi, Kim und Marie gleichzeitig.
Anna lachte. »Ihr seid euch sicher, dass ihr keine dreieiigen Drillinge seid?«
Kim, Franzi und Marie grinsten einander an. »Nein, nur schon sehr lange und sehr gut befreundet«, antwortete Marie für sie alle.
»Ich glaube, ich befolge euren Rat«, meinte Anna.
Hendrik sah sie verzückt an. »Ich begleite dich nach Hause.«

»Ein Dieb bringt meine Tochter heim«, murmelte Hilde Blomst, als die beiden außer Sichtweite waren. »Das gefällt mir ganz und gar nicht. Und heute Nachmittag wird er sie sogar heiraten. Zum Glück nur im Spiel.«
»Wir wissen doch überhaupt noch nicht, ob Hendrik das Buch gestohlen hat. Bisher ist es lediglich eine Vermutung aufgrund einiger Indizien«, korrigierte Kim sie streng. »Solange er nicht wasserdicht überführt ist oder ein Geständnis abgelegt hat, gilt die Unschuldsvermutung.«
»Gibt es etwas Neues?«, fragte Franzi.
Marie und Kim erzählten ihr schnell von Hendriks verdächtigem Post.
Aber Franzi schien, so wie Marie, nicht überzeugt. »Hendrik ist supernervös. Ich kann mir einfach nicht vorstellen, dass er so einen schwierigen Diebstahl so cool durchziehen könnte.

Außerdem schwirrt da noch etwas ganz anderes in seinem Kopf herum.«

Marie kicherte. »Hast du es auch bemerkt?«

»Man konnte es nicht *nicht* bemerken«, meinte Franzi. »Überall sprühten rosarote Herzen und flogen von einem zum andern.«

»Was meint ihr?« Hilde Blomst zog verwundert die Augenbrauen nach oben.

»Ach nichts, nichts«, antwortete Franzi schnell. »Hendrik hat nur seine Liebe für Pferde entdeckt.«

Hilde Blomst hörte gar nicht richtig zu. Sie schien mit den Gedanken ganz woanders zu sein. Sie wirkte nun beinahe erleichtert und klapperte mit einem Schlüsselbund, an dem drei altertümlich aussehende Schlüssel mit verschnörkeltem Bart hingen. »Da ich eine Nachfahrin von Ottilie bin, habe ich die Schlüsselgewalt für die gesamten Gebäude der Burg. Ich würde mich gerne erkenntlich zeigen, dass ihr eure Detektivinnenkräfte für mein Buch bündelt, und euch etwas zeigen. Es handelt sich um ein Rätsel, das bisher niemand auf der Welt lösen konnte. Habt ihr Lust, es zu probieren? Allerdings müssen wir dazu tief unter die Erde in die Katakomben der Burg.«

Marie war sofort Feuer und Flamme. Für Rätsel war sie immer zu haben.

Kims und Franzis Ehrgeiz war ebenfalls geweckt.

»Es dauert auch gar nicht lange«, beteuerte Hilde Blomst. »Ich zeige es euch und ihr könnt euch dann im Tageslicht an die Lösung machen. Ich bin gespannt, ob ihr eine Idee habt.«

Kim fühlte sich geschmeichelt, dass Hilde Blomst ihnen so eine schwierige Aufgabe zutraute. »Wir versuchen es, aber wir können natürlich für nichts garantieren.«

»Könnten wir das nicht nach dem Schauspiel machen?«, fragte Franzi. »Ich habe noch nichts zu Mittag gegessen.«

»Leider habe ich hinterher keine Zeit«, sagte Hilde. »Jetzt oder nie.«

Räucherwurst im Dunkeln

Sie kletterten den Burgberg hinauf. Nicht auf dem offiziellen Weg, der auf der anderen Seite war, sondern querfeldein. Immer wieder waren morsche Holztüren als Eingänge zu den Kellern in den Fels eingelassen. Je näher sie der Burg kamen, umso besser waren diese Türen erhalten. Bald erreichten sie eines der Nebengebäude der Burg, das an den Rand des Burghofes gebaut war und dessen Fundament ebenfalls in den Berg eingelassen war. Auch dort fanden sie die merkwürdigen kleinen Holztüren. »Alles ist unterirdisch miteinander verbunden«, erklärte Hilde Blomst. »Wenn wir hier einsteigen, kommen wir am schnellsten zu dem Ort, den ich euch zeigen möchte.« Sie öffnete die Tür mit einem ihrer Schlüssel und ließ die drei !!! eintreten.

»Und sonst kommt nie jemand her?«, fragte Marie verwundert. Sie konnte es gar nicht glauben, dass dieser unterirdische Teil der Burg der Öffentlichkeit verborgen blieb. Hilde Blomst schüttelte den Kopf. »Nein, das wäre zu gefährlich. Man kann sich einfach zu leicht verirren. Als ich klein war, wurde das allerdings nicht so streng gehandhabt. Ich habe oft in den Gängen gespielt und kenne mich daher gut aus.«

Hilde Blomst drückte auf einen Schalter und eine kleine elektrische Laterne, die an der Decke befestigt war, spendete düsteres Licht. Der Raum und der angrenzende Gang waren in die Erde eingegraben. Dicke Holzträger stützten die Decke, die so niedrig war, dass Marie gerade aufrecht darin stehen konnte. An den Wänden reihten sich Regale aneinander, in denen Kanister und Werkzeuge lagerten. Einige große Fässer standen auf dem Boden. Es roch feucht und leicht muffig, aber auch nach eingelegtem Obst wie Äpfeln oder Birnen, wie der Keller in der Villa der Grevenbroichs. Marie mochte den Geruch. Sie sah sich nach Kim um. Der enge Raum und der schmale Gang waren ihr bestimmt nicht geheuer. Marie hatte richtig vermutet. Kims Gesicht war starr wie eine Maske und sie hielt sich mit der einen Hand am Holzregal zu ihrer Rechten fest.

»Aber wenn der ganze Burgberg untertunnelt ist …«, fragte Kim ängstlich, »stürzt das Erdreich nicht ein?«

Marie trat einen Schritt zurück und nahm Kim an die Hand. »Keine Panik, Franzi und ich sind an deiner Seite«, flüsterte sie ihr zu.

Hilde Blomst schien Kims Unbehagen nicht aufzufallen. Beherzt klopfte sie an einen der Holzbalken. »Ich denke, da haben die Besitzer der Burg ganze Arbeit geleistet. Da passiert schon nichts. Die Gänge und Räume werden immer noch als Lagerräume verwendet. Vor allem für Wein und Bier. All die Jahrhunderte ist niemals etwas eingestürzt. Natürlich achtet die

Stadt darauf, dass die Balken und Stützen immer gut in Schuss sind. Einige der Gänge enden in Schönburg und andere außerhalb der Stadt. Sie dienten dazu, im Falle einer Belagerung frisches Wasser und Essen in die verbarrikadierte Burganlage zu bekommen. So konnte man sehr lange auf der Burg überleben und sogar unbemerkt fliehen, wenn es nötig war. Und der Feind wusste nicht, warum die Schönburger einfach nicht aufgaben.«

»Tolles Labyrinth!«, sagte Franzi. »Und selbst wenn ein Feind einen der Eingänge entdeckt hat … ans Ziel gekommen ist er sicher nicht so leicht.«

»Das war so gedacht, ja«, murmelte Hilde Blomst und leuchtete mit einer strahlend hellen Taschenlampe, die sie aus einem der Regale genommen hatte, in den Gang hinein. »Es gibt immer mal wieder kleine elektrische Leuchten, aber die bringen nicht viel. Und für das, was ich euch zeigen möchte, brauchen wir Helligkeit.« Sie ging voran.

Marie wagte sich nach ihr in die Dunkelheit hinein, die nur durch den Kegel der Taschenlampe durchschnitten wurde. Kim folgte ihr und Franzi bildete das Schlusslicht.

Marie hörte, wie Kim leise zu summen begann. Zur Beruhigung. Ob sie ihre Rätselfreude nun bereute? Wenn Kim nur auf ihren Bauch hören würde, sicher. Aber ihre Freundin war nicht die Art von Mensch, die rein nach ihren Gefühlen handelte. Im Gegenteil. Meistens übernahm ihr Kopf die Führung.

Ohne ein Wort zu sprechen, folgten sie im Gänsemarsch dem Gang, der sich immer mal wieder verzweigte. Marie versuchte, sich einzuprägen, wo sie links und wo sie rechts abgebogen waren, merkte aber bald, dass sie bereits durcheinandergekommen war und völlig die Orientierung verloren hatte. Wie gut, dass Hilde Blomst bei ihnen war, die das Labyrinth seit ihrer Kindheit kannte.

»Hier wären wir«, meinte Hilde Blomst nach gut zehn Minuten und zeigte auf eine hölzerne Tür. Sie zog wieder ihren Schlüsselbund aus der Schürze und steckte einen der drei Schnörkelschlüssel ins Schloss. *Krrrrch!* machte es. »Das hat lange niemand geölt«, meinte Hilde. »Es ist ganz verrostet. Und es bedeutet auch, dass sich lange niemand mehr an dem Rätsel versucht hat. Kommt herein! Aber lasst eure Rucksäcke draußen, sonst werden sie noch schmutzig.« Sie öffnete die Tür und hielt sie für die drei !!! auf.

Sie stellten die Rucksäcke bei der Tür ab und traten ein.

Sofort stieg Marie ein scharf-würziger Geruch in die Nase. Ihr war sofort klar, warum: Von der Decke hingen riesige Stücke Schinken. Dazwischen dicke Salamis und andere Dauerwürste. Einfach unglaublich! Sie standen in einer Vorratskammer. Marie wandte sich irritiert um.

»Ich glaube, Sie haben sich getäuscht …«, fing sie an. »Ist das Rätsel wirklich hier?« Sie stockte, denn sie konnte die Kräuterfrau nirgends entdecken.

Plötzlich wurde es stockfinster, etwas rumste, etwas quietschte – und dann war alles still.

»Frau Blomst?«, rief Franzi. »Die Tür ist zugefallen. Würden Sie bitte wieder aufmachen, wir sehen hier drinnen rein gar nichts. Und wir können auch kein Licht machen, unsere Handys sind bei Ihnen.«

»Das ist auch gut so«, hörten sie Frau Blomst von der anderen Seite der Tür. »Ihr bleibt schön hier drin, bis ich in Sicherheit bin.«

Kim fiepte leise. »Nein, bitte nicht. Nicht einsperren. Es ist eng und dunkel!«

Marie und Franzi legten ihr gleichzeitig die Hand auf den Arm. »Was soll das? Hier gibt es kein Rätsel, richtig?« Franzi war zornig. »Warum locken Sie uns in eine solch gemeine Falle und sperren uns ein?«

»Weil ihr Bescheid wisst«, zischte Hilde Blomst. »Ihr habt den Fall fast gelöst. Und dem wollte ich zuvorkommen.«

»Das verstehe ich nicht«, flüsterte Franzi Kim und Marie zu. »Wie ist denn die Lösung des Falls?«

»Hilde Blomst hat das Buch gestohlen«, erklärte Marie. »Judith ist anscheinend zurück und erhebt Anspruch darauf.«

Marie spürte, dass Kim am ganzen Körper zitterte. Sie drückte sich eng an ihre Freundin und konzentrierte sich. Einatmen, ausatmen, einatmen, ausatmen. Plötzlich ging ein Ruck durch Kim. Sie richtete sich auf und sagte, so ruhig sie konnte: »Frau Blomst, das hat doch alles keinen Sinn. Lassen Sie uns frei. Die Sache lässt sich bestimmt regeln.«

Es kam keine Antwort. Dann hörten sie, wie sich jemand bewegte. »Es tut mir wirklich leid, dass ich euch das antun muss. Warum musstet ihr auch herumschnüffeln? Und mich nach Judith fragen. In dem Moment war mir klar, dass ihr mich verdächtigt und dass mein Alibi aufgeflogen ist.« Sie seufzte. »Es ist so ungerecht. Mir steht dieses Buch zu. *Ich* habe Ottilies Leidenschaft für Kräuter und Heilkunde geerbt, nicht Judith. Sie wollte immer nur Geld. Bestimmt ist ihr einziges Ziel, mit dem Buch möglichst viel zu verdienen.«

»Haben Sie denn mit Judith gesprochen? Vielleicht täuschen Sie sich?«, wandte Franzi ein.

»Die Menschen ändern sich nicht. Ich habe mit Judith abgeschlossen. Es ist mir egal, was mit ihr ist. Das Buch bekommt sie jedenfalls nicht. Dann zerstöre ich es lieber.« Erneut Stille. Und dann hörten die drei !!! knirschende Schritte, die immer leiser wurden.

»Sie ist gegangen«, japste Kim. »Sie ist einfach gegangen und lässt uns hier in dieser Kammer!«, keuchte sie und rang nach Atem.

Marie war selbst wie erstarrt, Kims Panik aber löste merkwürdigerweise ihre eigene Angst. Sie musste jetzt stark sein. Für Kim. »Kim? Ki-im?« Immer wieder sprach sie ihre Freundin an, aber die antwortete nicht. Marie wusste, warum. Das hier war Kims ganz persönlicher Albtraum. Eingesperrt in einer dunklen Kammer irgendwo tief im Burgberg.

»Was machen wir?«, fragte Marie Franzi.

»Erst mal einen kühlen Kopf bewahren. So wie Kim das immer tut, wenn es brenzlig wird und wir nicht gerade in einem finsteren Loch festsitzen.«

Franzi kauerte sich neben Kim, die auf dem feuchten Steinboden hockte. »Kim, hör mir zu, wir kommen hier raus. Das ist doch ganz klar. Marie ist hier und sie ist die beste Schlossknackerin der nördlichen Erdhalbkugel. Und zusammen sind wir das beste Detektivteam, das ich mir vorstellen kann. Wenn wir zusammenhalten und alle mitdenken, sind wir hier gleich draußen. Schließlich haben wir bisher jedes Problem gelöst!«

Kim regte sich. »Ich hab Angst. Sie ist einfach weggegangen, ohne uns herauszulassen. Ich … ich … ich schaff das nicht.«

Marie zerriss es beinahe das Herz. Sie konnte es kaum ertragen, Kim so klein und schwach zu sehen. Kim, die sonst immer groß und stark und vernünftig war. Sie nahm Kims Hand in ihre rechte und Franzis Hand in die linke. Dann legte sie Franzis Hand auf Kims und ihre obendrauf. »Die drei !!!«, rief sie, so laut sie konnte. »Eins!«

Franzi fuhr fort mit: »Zwei!«, und Kim flüsterte leise, aber bestimmt: »Drei.« Dann warfen sie die Arme nach oben. »Power!!!«

»Das hat Hilde Blomst bestimmt gehört. Und es soll ihr eine Warnung sein. Mit den drei !!! legt man sich nämlich nicht an. Da kann man nur verlieren!«, meinte Marie zufrieden. Sie fuhr sich durch die Haare. Mist! Heute trug sie sie offen, keine Haarnadel weit und breit. Wie gut, dass sie immer welche in der Hosentasche hatte. Denn in manchen Situationen war ein Dutt oder ein Pferdeschwanz eben viel praktischer. Sie tastete nach den Reservehaarnadeln. Sie fand auch noch eine Pinzette und eine Nagelfeile in der Jackentasche. Alles Dinge, die man im Kampf gegen ein altes Schloss gut gebrauchen konnte. Schnell steckte sie sie in die Hosentasche. Sie richtete sich auf und *buff*! Etwas Hartes schlug ihr gegen den Kopf und ließ sie nach hinten taumeln. Der Geruch, der ihr gleichzeitig fast den Atem nahm, ließ keinen Zweifel. Ihr unsichtbarer Gegner war ein geräucherter Riesenschinken gewesen. Sie rieb sich die Stirn und startete einen zweiten Versuch, an die Tür zu gelangen. Diesmal streckte sie ihre Arme aus und tastete sich vorsichtig weiter. Sie schob den Vorhang aus Dauerwürsten zur Seite und spürte die Wand vor sich. Nun konnte die Tür nicht mehr weit sein. »Ich bin beim Ausgang«, informierte sie Kim und Franzi. »Jetzt muss ich nur noch das Schloss finden und knacken.«

»*Nur noch* ist gut«, sagte Franzi. »So wie ich die Lage einschätze, ist das eindeutig der schwierigere Teil der Aufgabe.«

»Ich hoffe wirklich, dass du es schaffst«, meinte Kim gedämpft.

Marie hatte die Tür nun gefunden. Zentimeter für Zentimeter tastete sie den Rahmen ab und strich mit den Fingern über das Türblatt. Das Holz war rissig und rau. Plötzlich spürte sie Metall. Und ein scharfkantiges Loch. Hier war sie richtig. Sie ließ die Hand an der Stelle liegen und nahm mit der anderen die zwei Haarnadeln. Es dauerte eine Weile, bis sie die beiden Nadeln im Schloss platziert hatte. Sie hatte eine vage Vorstellung, wie sie die beiden Nadeln drehen musste, um den Mechanismus im Inneren des Schlosses auszutricksen. Sie schob die beiden Nadeln gegeneinander und hob die eine an. Nichts. Dann eben noch einmal von vorne. Rein mit den Nadeln und ... nichts rührte sich. Sie drückte kräftig nach oben und rutschte mit der Hand ab. *Kling!* Die Nadel landete auf dem Boden.

»Klappt es?«, fragte Franzi hoffnungsvoll von irgendwoher aus der Dunkelheit.
Es klappt überhaupt nicht, dachte Marie. Aber das konnte sie Kim und Franzi ja schlecht sagen. »Ich muss mich mit dieser altertümlichen Art von Türschloss erst vertraut machen«, antwortete sie stattdessen. Und erst einmal meine Nadel wiederfinden, ergänzte sie in ihrem Kopf.
Sie kniete sich hin und tastete den unebenen, kalten Steinboden ab. Ah, da war sie. Sie fühlte sich merkwürdig verbogen an. Na toll. Die war nicht mehr zu gebrauchen. Vielleicht funktionierte es mit der Feile besser? Sie holte sie aus der Tasche und stocherte am Schloss herum. Aber die Feile war zu breit, mit der Spitze kam sie gar nicht ins Schloss hinein.
Ihre letzte Chance war nun die Pinzette. Zusammen mit der nicht verbogenen Haarnadel. Das musste gehen. Es musste einfach ...
Los, du schaffst es doch sonst auch immer, sprach sie sich Mut zu. Marie schwitzte vor Konzentration und Aufregung. Rein. Spüren. Drehen. Heben und *klick!*
»Du hast es geschafft!«, rief Kim. »Ich habe es ganz deutlich gehört!«
Marie zog die zerbrochene Pinzette aus dem Türschloss. Wie in aller Welt sollte sie den beiden sagen, dass das *Klick*! nicht das Geräusch des sich öffnenden Schlosses gewesen war?
Ihr stiegen Tränen in die Augen. Vor Wut über sich selbst, weil sie so unvorsichtig gewesen war. Und vor Angst, weil sie hier unten gefangen waren und nicht herauskamen. Und niemand,

wirklich niemand, sie hier unten suchen würde. Marie fing zu zittern an, genau wie Kim vorhin. Verflixt, sie durfte jetzt auf keinen Fall die Nerven verlieren. Was konnte sie tun? Das Schloss war nicht zu knacken. Aber das Holz der Tür hatte sich morsch angefühlt. Vielleicht …

»Das war nicht das Schloss, oder?«, hörte sie Franzi mutlos sagen.

»Nein«, gab Marie zu. »Das war meine Pinzette. Die letzte Hoffnung für die Schlossknackerei. Wir brauchen einen anderen Plan.«

»Und welchen? Könnt ihr mir das bitte sagen?«, kreischte Kim panisch.

»Wenn wir uns zu dritt gegen die Tür werfen, dann müsste das Holz der alten Tür splittern«, schlug Marie vor.

»Ich befürchte, du stellst dir das zu einfach vor«, sagte Franzi kritisch. »Das ist nicht so simpel, wie es bei den Dreharbeiten der *Vorstadtwache* aussieht.«

Franzi wusste, dass Marie gerne bei den Dreharbeiten zu den Actionszenen der Fernsehkrimiserie *Vorstadtwache* zusah. Ihr Vater spielte dort seit vielen Jahren erfolgreich den Kommissar Brockmeier.

»Ich weiß, dass es nicht leicht ist. Im Fernsehen machen das Stuntmen und Stuntwomen. In unserem Fall würde ich auch nicht gerade unsere Schultern nehmen. Sondern eine ganz neue Art von Rammbock. Nämlich Schinken!«

»Schinken?« Nun musste Kim kichern. »Marie, du bist einfach genial.«

»Ich komme jetzt wieder zu euch. Summt bitte, damit ich weiß, in welche Richtung ich laufen muss!«, bat Marie.
Kim summte die *Pippi-Langstrumpf*-Melodie und Franzi *Biene Maja*. Sie mussten, obwohl ihnen nicht danach zumute war, kichern und einigten sich wortlos auf *Heidi*.
Marie tastete sich wieder nach hinten und wich diesmal dem dicken Schinken gekonnt aus. Sie streckte sich und nahm ihn vom Fleischerhaken.
»Hier ist der erste«, sagte sie. »Streckt mal eure Arme aus.«
Marie merkte, dass Kim oder Franzi – wer es war, konnte sie in der Dunkelheit nicht ausmachen – zulangte und den Schinken übernahm. »Ich suche uns noch zwei. Und dann zeige ich euch die Tür, wir nehmen Anlauf, und ich wette, dann liegt die Tür in Trümmern vor uns.«
Mit einiger Mühe fand sie einen zweiten und einen dritten Schinken. Mit dem großen, schweren Fleischstück bewaffnet, fühlte sie sich schon viel besser. »Und jetzt starten wir den Angriff«, führte Marie sie an. »Wir gehen noch etwas weiter nach vorne, stellen uns in einer Reihe auf und rennen mit Anlauf und Schinken gegen die Tür, bis sie kracht.«
Dicht aneinandergedrängt gingen sie Schritt für Schritt nach vorne. Marie musste erneut der Dauerwurst ausweichen, Kim und Franzi schien zum Glück nichts im Wege zu hängen.
»Bleibt stehen«, bat Marie. »Ich guck mal, ob wir den richtigen Abstand haben.« Sie streckte ihren Arm aus – keine Tür. Ein kleines Stück nach vorne – ja, jetzt konnte sie die Tür spüren! Eindeutig.

»Wir sind goldrichtig«, sagte sie, als sie zurückkam. »Es kann losgehen.«

»Eins!«, rief Kim.

»Zwei!«, rief Franzi.

»Drei und JETZT!«, brüllte Marie, so laut sie konnte.

Sie sammelte alle Kraft und alle Wut und stürzte nach vorne.

»Ahhhhhhhhhhhhh!«

Doch bevor sie die Tür erreichten, wurde es plötzlich hell.

Zwei-Augen-Blicke

Kim, Franzi und Marie blieben wie angewurzelt stehen. Das Licht schmerzte in ihren Augen. Marie hielt sich schützend den Schinken vors Gesicht. Keiner sagte ein Wort.
Als sie den Schinken langsam sinken ließ, sah sie eine Frau in der offenen Tür stehen. War Hilde Blomst doch zurückgekommen, um sie zu befreien?
Nein, die Frau trug eine Hose und hatte einen Hut auf dem Kopf. Sie winkte die !!! mit der Laterne zu sich. »Kommt raus. Ich befreie euch!«
Verdattert sah Marie zu Kim und Franzi, die genauso fassungslos waren.
»Wer … wer sind Sie?«, stotterte Franzi. »Und woher wissen Sie, dass wir hier sind?«
»Das erkläre ich euch alles später. Wichtig ist nur, dass ihr mir vertraut. Ich führe euch jetzt aus dem Burgberg hinaus. Ihr Armen. Ihr seid bestimmt vor Angst fast verrückt geworden.«
Marie ließ den Schinken fallen und Kim und Franzi taten es ihr gleich. Kim strahlte übers ganze Gesicht, schniefte laut und

wischte sich eine Freudenträne von der Wange. »Danke«, flüsterte sie heiser.
»Es gibt nichts zu danken«, erwiderte die Frau.
Marie kam es so vor, als hätte sie die Stimme schon einmal gehört. Sie musterte die Frau neugierig. Aber es war viel zu dunkel, um wirklich etwas zu sehen.
Sie folgten ihrer Retterin, die den Weg sehr genau zu kennen schien, durch die Gänge. Sie musste an keiner Kreuzung überlegen und bewegte sich geschmeidig und lautlos wie eine Katze. Kim, Franzi und Marie mussten zusehen, dass sie den Anschluss nicht verloren. Marie hörte Kims schweren Atem hinter sich und das Geräusch der Turnschuhe, die über den steinigen Boden tapsten.
Waren sie vorhin wirklich so lange durch den Berg gewandert? Der Weg schien Marie nun ewig lang zu sein. Endlich kamen sie in dem Raum an, in dem alles begonnen hatte. Durch die Ritzen der Holztür drang Licht.
»Bitte versteckt euch hinter dem großen Haselnussstrauch. Ich weiß nicht, wo Hilde sich gerade aufhält, und ich will nichts weniger, als ihr in die Arme zu laufen.«
Die Frau nannte Frau Blomst Hilde. Die beiden kannten sich also. In Maries Kopf purzelten tausend Fragen durcheinander, hoffentlich konnte sie sie ordnen, wenn sie draußen und in Sicherheit waren.
Kim war als Erste bei der Tür und öffnete den Riegel. Obwohl der Himmel eher grau war, war die Helligkeit überwältigend. Sie traten ins Freie. Wie die Frau gesagt hatte, war neben dem

Eingang ein buschiger Haselnussstrauch. Den hatte Marie vorhin gar nicht wahrgenommen. Schnell schlüpfte sie dahinter und ließ sich erschöpft auf den Boden fallen.

Kim und Franzi setzten sich im Schneidersitz links und rechts neben sie und Kim legte den Kopf an ihre Schulter. Die Frau ließ sich gegenüber von ihnen nieder. »Ich glaube, ich bin euch eine Erklärung schuldig. Also ...«

Marie sah die Frau an. Und die blickte zurück. Mit einem blauen Auge und einem braunen.

Plötzlich entwirrte sich alles in Maries Kopf: der Absender der Mails, der Stammbaum, Hilde Blomst, Anna, die Gauklerin und die Sprüche der Gauklerin, die Befreiung. Alles lag völlig klar vor ihr. Warum hatte sie das vorher nicht gesehen?

»Judith Laubsaum?«, unterbrach sie die Frau. »Sie sind die verlorene Schwester, oder?«

Marie spürte die überraschten Blicke von links und rechts.

Die Frau sprang auf, sah sich gehetzt um und rannte davon.

Marie schnellte hoch, um sie zu verfolgen. Aber als sie sich aus dem Busch gekämpft hatte, war Judith Laubsaum verschwunden. Spurlos. Wieder einmal.

Marie raste ein Stück den Burgberg hinunter, blieb aber bald stehen. Judith konnte überall sein. Auf gut Glück brauchte sie sie nicht zu suchen. Sie drehte sich zu Kim und Franzi um, die ebenfalls vor den Haselnussstrauch gekrochen waren, und lief zu ihnen zurück.

»Die ist weg«, sagte sie und zuckte mit den Schultern.

»Woher wusstest du, dass die Frau Hilde Blomsts Schwester ist?«, fragte Kim.
»Ist mir gerade erst aufgegangen«, antwortete Marie. »Sie war die Gauklerin, die ich so faszinierend fand, und die uns dann später noch einmal auf dem Rad entgegenkam. Sie hat irgendetwas von ›Apfel fällt nicht weit vom Stamm‹ und ›nichts ist so, wie es scheint‹ gesagt und mir sind ihre Augen aufgefallen. Die unterschiedliche Farbigkeit ist selten. Und dann kam mir die E-Mail-Adresse in den Sinn: *Judy-two-eyes*. Judy ist der englische Spitzname für Judith und die *two eyes*, also die zwei Augen, die konnten sich doch sehr gut auf ihre Augen beziehen. Durch die E-Mails wussten wir ja auch, dass sie wieder in der Gegend war, dass Hilde Blomst aber jeden Kontakt ablehnt. Als ich sie beobachtet habe, wie sicher sie sich durch das Gängelabyrinth im Burgberg bewegt hat, wusste ich, dass sie das nicht zum ersten Mal tut. Genau wie Hilde. Und sie hatte einen Schlüssel für die Tür. Da die meisten Menschen in Schönburg von den Gängen nicht einmal wissen, war das ein weiteres Indiz dafür, dass die Frau Teil der Burgherrenfamilie ist.«
»Alle Achtung, Marie«, sagte Kim. »Du hast dir deinen Detektivblick bewahrt, während ich vor allem mit Angstbekämpfung beschäftigt war. Es tut mir leid.«
»Kim, also echt! Jetzt hör auf! Du musst dich doch nicht dafür entschuldigen, dass du Platzangst hast!«, rief Marie. »Du bist nicht allein. Normalerweise funktioniert deine Kombinationsgabe eins a. Und wenn du mal nicht kannst und Angst hast,

dann sind wir für dich da. Genauso, wie du für uns da bist, wenn wir was nicht können oder schwach sind.«

»Besser hätte ich es nicht sagen können. Sowohl den Rüffel als auch die andere Ansprache«, bestätigte Franzi. »Die Frage ist doch: Was machen wir jetzt? Wir wissen zwar alles und kennen die Täterin, aber irgendwas in mir sträubt sich, jetzt schon zur Polizei zu gehen. Wie seht ihr das?«

»Genau wie du«, sagte Marie.

Kim nickte. »Lasst uns die Feierlichkeiten abwarten. Hilde hat uns eingesperrt, damit sie dort noch in Ruhe zusehen kann. Die haut nicht ab. Im Gegenteil: Ich habe das Gefühl, da wird noch einiges passieren.«

»Marie, ich bin mit auf dem Film!«, begrüßte Finn sie freudestrahlend. Im Mund hatte er ein Gebiss mit scharfen Zähnen. »Mama hat mir eine coole Rolle besorgt.«

Marie schämte sich ein wenig. Eigentlich hatte sie Tessa versprochen, ab und zu auf Finn aufzupassen, während Tessa drehte, aber die letzten zwei Tage hatte Marie wegen des Falls kaum Zeit gehabt.

»Erzähl mal«, forderte sie ihren kleinen Bruder auf.

»Also hier geht es ja um Ritter und Burgen und so was. Und wenn es Ritter und Burgen gibt, sagt Mama, dann gibt es da auch immer Drachen. Aber nicht nur böse, sondern auch liebe. Und ich darf einer sein. Guck, das ist mein Kostüm!« Er hielt einen giftgrünen Ganzkörperanzug mit schillernden aufgenähten Schuppen nach oben. »Ludo, der kleine Lindwurm. Das

bin ich! Super, oder? Ich darf immer mit drauf und mal von einem Stein springen oder hinter einem Zelt vorkommen und fauchen. Dann erschrecken alle, sagt Mama. Und das Beste ist: Ich darf heute bei der Hochzeit auch was sagen. Wie ein ganz berühmter Schauspieler!«
»Echt? Das ist total super!«, sagte Marie. »Darfst du auch den Dudelsack spielen?«
Finn kicherte. »Hab ich Mama auch gefragt, die sagt aber, ich muss noch viel üben.«
Marie grinste. Tessa war wirklich experimentierfreudig. Aber ein kleiner Drache, der Dudelsack spielte – oder besser quietschte –, war ihr dann wohl doch zu viel des Guten.
»Viel, viel, viel, viel üben«, rief Tessa, die gerade mit einem Tontechniker anrückte und die letzten Sätze mitbekommen hatte.
»Mamaaa, du bist gemein«, meckerte Finn.
»Du bist Ludo, der Lindwurm. Und kleine Drachen spielen nicht Dudelsack. Sie brauchen ihren Atem zum Feuerspucken.«
Finn strahlte. »Stimmt. Ich muss ja Feuer spucken. Ganz vergessen. *Grchhhhh, grchhhhh.*« Er zog seinen Mund breit und fauchte und gurgelte. »Das Feuer kommt noch.«
Er breitete seine Arme aus und rannte wild hin und her.
Tessa klatschte ihn ab und fragte dann Marie: »Wo wart ihr denn die ganze Zeit? Ich habe dich gesucht, weil du gefragt hast, ob du dich heute hinter die Kamera stellen darfst.«
Marie trat von einem Bein auf das andere. Die Wahrheit, dass sie nämlich mitten im Burgberg in einer Räucherwurstkammer

gefangen gehalten worden waren, konnte sie ihrer Stiefmutter schlecht erzählen. »Der Darsteller des Ritters hat uns mit seinem Lampenfieber alle ganz schön in Beschlag genommen«, sagte sie schließlich. Das war zwar ein wenig übertrieben, aber eine Lüge war es nicht. Sie hatten sich schließlich sowohl mit Hendriks fehlenden Reitkünsten als auch mit seiner merkwürdigen Rolle innerhalb des Falles beschäftigt.

»Na ja, wie auch immer, jetzt bist du ja da. In ungefähr einer Stunde dürfen wir in die Burganlage hinein.«

Plötzlich hatte Marie eine Idee. So eine Kamera war doch eine prima Tarnung. Sie konnten das Hochzeitsspiel und vor allem Hilde Blomst ganz in Ruhe beobachten und niemand würde sie bemerken. »Tessa? Dürfen Kim und Franzi auch mit hinter die Kamera? Das wünschen sie sich schon lange!«, flunkerte sie.

»Klar, ich freue mich, wenn es in Zukunft viele tolle Kamerafrauen gibt. In diesem Beruf herrscht leider Männerüberschuss«, antwortete Tessa. »Bring die beiden mit. Es ist prima, wenn ihr mir zur Hand geht.«

Tschakka! Marie klopfte sich innerlich auf die Schulter. Manchmal lieferte einem das Schicksal die perfekte Lösung und man musste nur zugreifen.

Bittere Wahrheiten

Detektivtagebuch von Kim Jülich
Samstag, 13:00 Uhr

Ich zittere immer noch. Ich ERTRAGE es einfach nicht, eingesperrt zu sein. Ich kann dann einfach nicht atmen und mein Gehirn bringt keinen vernünftigen Gedanken hervor. Und dann auch noch in völliger Dunkelheit. Ich mache mir Vorwürfe: Hätte ich es mir nicht denken können, dass Hilde Blomst weiß, dass wir sie verdächtigen, wenn wir sie auf Judith ansprechen? Warum gehen wir dann mit ihr in dieses verflixte Gängelabyrinth mitten im Burgberg? Wie gutgläubig kann man eigentlich sein? Menno!
Wir alle haben uns ablenken lassen, weil sie uns mit dem Post von Hendrik auf die falsche Fährte gelockt hat. Der Arme ist aber unschuldig. Der wollte nicht das Buch, sondern nur Anna. Klarer Fall von blinder Verliebtheit und einem ziemlich komischen Weg, um ans Ziel zu gelangen. Ich muss zugeben: Eigentlich finde ich Hendriks Verhalten sehr romantisch. Er hat seine Ängste überwunden – nämlich die Angst vor Pferden –, um Anna kennenzulernen und ihr nahe zu sein. Und es hat geklappt. Ich glaube, seit heute Morgen sind die beiden ein Paar. (Marie meint, der Liebestrank, den Hendrik Anna in den Holunderblütentee gemischt hat, ist schuld. Ich glaube aber eher, sie passen einfach gut zusammen. ;-)

Auf jeden Fall wissen wir jetzt, dass Hilde Blomst die Täterin ist. Sie hat das Buch gestohlen (wie sie das angestellt hat, ist allerdings noch unklar), weil sie Angst hatte, dass ihre Schwester Judith es als rechtmäßige Erbin bekommt.
Wir hatten Hilde Blomst so lange nicht im Verdacht, dass es mir immer noch komisch vorkommt. Das Detektivinnenleben ist eben immer für eine Überraschung gut.
Wir haben beschlossen, das Hochzeitsspiel noch abzuwarten und dann der Polizei Bescheid zu sagen. Hilde Blomst wird sich sicher nicht den großen Auftritt ihrer Tochter entgehen lassen, da sie sich in Sicherheit wähnt. (Und uns tief unter der Erde im Burgberg!)

»Käppis auf und die Westen der Filmfirma an«, bestimmte Marie. »Hilde Blomst darf uns auf keinen Fall erkennen. Die Frisuren müssen uns für den Moment egal sein.«
»Als ob ich mir schon jemals Gedanken um meine Haare gemacht hätte«, erwiderte Franzi amüsiert und zog die Haargummis aus ihren Zöpfen. Dann setzte sie sich das Käppi auf.
»Der Appell ging eher an mich selbst«, meinte Marie. »Um die Haare nach einer Runde Käppi wieder zu entplätten, muss ich lange, lange föhnen ...«
Mit Sack und Pack und Kameras machten sich die drei !!! auf den Weg in die Burganlage. Tessa, der Tontechniker und Finn, der bereits in seinem Lindwurm-Kostüm steckte, begleiteten sie. Wie eine Karawane zogen sie den Weg nach oben über die Zugbrücke, das Tor und über den Burginnenhof zum Holundergarten.
Es war sonniger als am Vormittag und auch wärmer. Alle Kindergärten und Schulen in Schönburg hatten winzig kleine

Holunderblüten gebastelt. Damit hatten sie heute Morgen die Äste der Holunderbüsche geschmückt. Es sah aus, als ob an einem Ort der Burg plötzlich der Frühling ausgebrochen wäre. Merkwürdig, aber es passte zu der zauberhaften, heiteren und gelassenen Stimmung, die auf der ganzen Burg herrschte. Hunderte Menschen lächelten einander zu. Alle freuten sich ganz offensichtlich auf das bevorstehende Theaterstück.

»Also wenn ich nicht gerade einen schweren Wagen mit digitalen Kameras und super Hightech-Kram hinter mir herzöge, würde ich mich ins Mittelalter versetzt fühlen«, meinte Franzi. »Alle Verkäufer und Besucher des Mittelaltermarktes sind jetzt hier.« Sie zeigte auf eine Frau mit langem Leinenkleid, die gerade mit einem Holzeimer Wasser aus dem Brunnen schöpfte. Ein Hirte trieb seine Schweine über den Burghof und überall liefen gackernd Hennen herum. Der Boden war mit Stroh bedeckt, und wo gestern Abend die Polizeiautos standen, war nun ein Gehege, in dem Schafe blökten, neben einem Stand, der gratis Holunderblütentee ausschenkte.

»Die Sache mit dem Buch macht den Leuten gar nichts aus«, sagte Marie. »Sie wollen die Legende um ihre Ottilie und um Heinrich feiern. Das ist so cool!«

Tessa sagte etwas, was Marie aber nicht verstehen konnte, denn in diesem Augenblick hob der Spielmannszug zu pfeifen und zu trommeln an und marschierte an ihnen vorbei.

Tessa nahm die Kamera auf die Schulter und begann zu filmen. Dann winkte sie die drei !!! heran und zeigte ihnen, welche Einstellungen für den Moment die günstigsten waren.

»Ich gehe schon mal vor in den Garten«, sagte sie dann laut. »Ihr bleibt hier und filmt den Einritt. Dann muss ich mich nachher nicht um einen guten Platz prügeln.« Sie grinste.
Marie sah ihr nach und erstarrte. Am Eingang des Holundergartens tauchte Hilde Blomst auf. Sie wirkte völlig unbeschwert und unterhielt sich mit einer anderen Frau. Marie fiel es einen Moment lang schwer zu atmen und ihr Magen fühlte sich gar nicht gut an. Wie konnte Frau Blomst dastehen und so tun, als sei nichts? Sie musste doch glauben, dass in diesem Moment drei Menschen ihretwegen in einer dunklen Kammer festsaßen und Angst hatten? Mit größter Anstrengung schaffte sie es, nicht loszulaufen und Frau Blomst gehörig die Meinung zu sagen. Stattdessen machte sie Kim und Franzi auf sie aufmerksam. Aber die beiden gaben ihr durch ein Handzeichen zu verstehen, dass sie sie ebenfalls gesehen hatten.
Zwei Herolde stellten sich in die Mitte des Burgplatzes und bliesen die Fanfaren. Sofort wurde das Gemurmel der Menschenmenge leiser und der Spielmannszug verstummte.
»Es geht los!«, sagte Franzi aufgeregt. »Hendrik, also Heinrich, kommt nun auf dem Pferd. Anna ist bereits unter dem Holunderbusch und trinkt Tee.«
»Es ist noch viel schöner, wenn man weiß, dass die beiden sich auch in echt toll finden«, schwärmte Marie. »Soooo süß!«
Die Menge bildete eine Gasse. Zuerst hörte Marie nur das leise *Klack-Klick, Klack-Klick* der Hufeisen auf Stein. Mit der Kamera auf der Schulter stand sie in der ersten Reihe und konnte alles perfekt verfolgen. Sie starrte angestrengt auf das Display

der Kamera, das ihr den Filmausschnitt zeigte. Da! Hendrik kam auf Miranda ins Bild. Er trug einen Brustharnisch und auf dem Kopf wackelte ein Ritterhelm mit hochgeklapptem Visier. Dieses Visier hatte es allerdings in sich. Bei jeder Erschütterung klappte es nach unten, und Hendrik musste eine Hand vom Zügel nehmen, um es nach oben zu schieben. Oh nein, dachte Marie. Ein stolzer Ritter sah anders aus. Zum Glück musste er nur noch bis zum Holundergarten reiten. Das Reiten an sich klappte aber gut. Hendrik saß aufrecht und schien auch keine Angst zu haben.
»Er macht das prima«, bestätigte Franzi Maries Gedanken.
»Für das olle Visier kann er nichts. Vorhin hat es einwandfrei funktioniert. Er wollte es nur noch ölen.«
»Genau das könnte jetzt das Problem sein, wenn ich es recht bedenke«, meinte Kim und grinste.
Miranda ließ sich von den Menschenmassen nicht beeindrucken. Seelenruhig ging sie im Schritt auf den Torbogen zu, der in den Holundergarten führte. Hendrik schwang sich trotz Harnisch und heruntergeklapptem Visier elegant vom Pferd, stellte sich breitbeinig hin und begrüßte die Leute.
Sein Monolog war ziemlich lang, aber bis auf einen winzigen Versprecher meisterte er ihn sehr überzeugend.
»… und nun eile ich, in meinen Träumen vom Ruf der großen Liebe geleitet, zu sehen das Mädchen, das mir Herz, Sinn und Verstand geraubt«, schloss er den Vortrag und trat mit einer Hand das Visier hochhaltend in den Holundergarten.
»Jetzt übernimmt Tessa«, sagte Marie. »Wir sollten uns un-

bemerkt unter die Leute mischen und uns Richtung Holundergarten treiben lassen.«

Der Holundergarten war überfüllt. Die drei !!! hatten Mühe, einen Platz zu ergattern, von dem aus sie das Geschehen beobachten konnten.

Am Eingang drückte ein junger Mann jedem Besucher eine Tasse mit dampfenden Holunderblütentee in die Hand.

»Links vorne ist noch ein wenig Platz«, meinte Marie und zog Franzi an der Hand mit.

Kim folgte und bemühte sich, dass ihr Tee nicht überschwappte.

Hendrik stand bereits neben Anna, und die Bürgermeisterin gab das Zeichen, dass das Spiel weitergehen konnte.

»Wie verliebt er sie ansieht!« Franzi klatschte in die Hände. »Ich freu mich so für die beiden.«

Eine Frau neben Franzi stupste sie an. »Das ist dir aber schon klar, dass das hier Schauspieler sind, oder? Die sind nicht in *echt* ineinander verliebt.«

Auf der Bühne stießen Hendrik und Anna als Ottilie und Heinrich gerade mit ihren Teetassen an und tranken. Alle waren mucksmäuschenstill und sahen gebannt zu.

Franzi lächelte geheimnisvoll und hob ihre Tasse Holunderblütentee auf ein Prosit. »Wer weiß, ob dieser spezielle Tee nicht noch einmal ein Wunder vollbringt?«, murmelte sie.

Zwei Reihen weiter vorne drehte sich eine Frau ruckartig um. Sie erstarrte und sah Franzi ungläubig an. Es war Hilde Blomst.

»Lassen Sie mich durch. Das ist ein Notfall«, schrie sie und

kämpfte sich mit ausgefahrenen Ellenbogen Richtung Ausgang.
»Mist, Hilde Blomst will fliehen«, zischte Kim aufgebracht. »Das dürfen wir nicht zulassen.«
»Haltet sie! Sie darf nicht entkommen!«, rief Marie, so laut sie konnte.
Ein Raunen und Gemurmel ging durch die Menge.
Dann trat Judith, nun wieder in voller Gauklermontur, auf die Bühne. »Hilde, bitte bleib hier. Ich habe etwas zu sagen!«
»Und was ist nun mit der Hochzeit?« »Hey, runter von der Bühne, ich kann Ottilie gar nicht mehr sehen!« »Was soll das? Gehört das zur Aufführung?« Alle riefen durcheinander und wurden immer ungehaltener.
Hilde drehte sich langsam um und betrachtete ihre Schwester, die mit herunterhängenden Armen dastand. Dann ging sie langsam – Schritt für Schritt – nach vorne.
»Beruhigen Sie sich bitte«, bat Anna die Zuschauer. »Es geht gleich weiter mit dem Schauspiel.«
Die Zwischenrufe wurden weniger und verstummten allmählich.
»Dieses Schauspiel hier«, begann Judith, »ist Teil der Familiengeschichte Laubsaum, meiner Familie, die hier seit Jahrhunderten auf dieser Burg wohnte. Ein eher glücklicher Teil, um den sich diese schöne Legende gerankt hat, die einen wunderbaren wahren Kern hat. Nämlich die Liebe zwischen Heinrich und Ottilie und noch einer anderen: der Liebe, die Ottilie für alle Pflanzen und für das alte Wissen der Heilkunst

hat. Und natürlich setzen wir dieses Schauspiel fort. Meine Nichte Anna hat völlig recht.«

Anna wurde kreidebleich und schwankte merklich. »Nichte?«, murmelte sie. »Aber … aber dann bist du … Judith?« Sie blickte Hilfe suchend zu ihrer Mutter, die sich mittlerweile nach vorne durchgekämpft hatte. Annas Mund zitterte und eine dicke Träne rollte ihr die Wange hinunter. »Mama, stimmt das?«

Die Menge war mucksmäuschenstill.

Hilde Blomst nickte.

Judith trat zu Anna und legte ihr die Hand auf den Arm. »Bevor die Geschichte von Ottilie und Heinrich weitergeht, möchte ich gerne meinen Teil der Familiengeschichte erzählen: Ich bin Judith, die große Schwester von Hilde Blomst, die hier viele als die Kräuterfrau von Schönburg kennen. Als kleine Mädchen sind wir zusammen durch dick und dünn gegangen. Doch als wir älter wurden, habe ich einen riesigen Fehler begangen. Ich hatte einen Traum: den Traum von der großen weiten Welt. Und da habe ich mich einem Zirkus angeschlossen …«

»… und hast unser ganzes Geld mitgenommen«, unterbrach Hilde sie mit bitterem Unterton. »Und ich? Ich stand mit riesigen Schulden da. Meine Träume waren dir ganz egal. Aber ich habe es trotzdem geschafft und mir etwas aufgebaut.«

»Das sind aber schwere Anschuldigungen«, kam ein Kommentar von irgendwo aus dem Publikum.

»Alles, was Hilde sagt, ist wahr«, bestätigte Judith. »Mir bleibt nur, mich aufrichtig zu entschuldigen. Ich bin zurückgekommen, um mich mit dir zu versöhnen. Natürlich kann ich es verstehen, wenn du das nicht mehr möchtest. Aber mir ist in der Ferne klar geworden, dass ich nur *eine* Schwester habe und dass ich gerne bei ihr wäre. Das Geld kann ich dir leider nicht zurückgeben. Dafür einiges an Wissen, dass ich bei einem Medizinmann in Amerika gelernt habe.« Sie lächelte Hilde unsicher an.

Hilde stand mit hängenden Schultern wie ein Häufchen Elend da. Nun rannen die Tränen ungehindert. »Was gerade passiert, hatte ich nicht für möglich gehalten«, schniefte sie. »Ich war so wütend auf dich, Judith, und wenn ich ehrlich bin, bin ich es noch.« Sie trat zu Judith und Anna. »Das, was du getan hast, Judith, war richtig gemein«, begann sie und wischte sich mit einem Taschentuch, das ihr eine Zuschauerin reichte, über die Wangen. »Was hast du dir nur dabei gedacht? Du hast mich im Stich gelassen, obwohl unsere Eltern gerade gestorben waren. Bis dahin dachte ich, dass uns nichts und niemand jemals auseinanderbringen wird. Ich habe mich getäuscht. Und wie. Die erste Zeit ohne dich war schlimm. Ich war so enttäuscht und manchmal habe ich gehofft, du würdest zurückkommen und alles wäre wieder gut. Aber das passierte nicht. Irgendwann habe ich nicht mehr gewartet. Je mehr Zeit vergangen ist, desto weniger tat es weh.

Und als du dich gemeldet hattest und wieder Kontakt haben wolltest, habe ich dich abgewiesen. Weil ich nicht wieder verletzt werden wollte und weil ich Angst hatte, dass … dass …« Hilde Blomst brach ab und versteckte ihr Gesicht hinter den Händen.

Anna umarmte ihre Mutter. »Mama, lass gut sein. Es ist alles in Ordnung.«
Hilde Blomst befreite sich sanft aus Annas Armen. »Nein, das ist es ganz und gar nicht. Nichts ist in Ordnung«, sagte sie ernst. »Ich muss auch etwas beichten. Ich habe das Buch gestohlen!«

Ein Schluss mit Pauken und Trompeten

Hunderte Augenpaare richteten sich auf Hilde Blomst.

»Das ist doch nicht möglich!« »Warum denn das?« »Hilde, du hättest es doch sowieso bekommen!«

Die Menge wurde unruhig.

»Was willst du damit sagen?« Frau Thiese erschien auf der Bühne.

»Ich habe das Buch gestohlen«, wiederholte Hilde Blomst. »Judith ist meine ältere Schwester. Das Buch steht der nächsten Verwandten zu. Das ist Judith. Nicht ich. Ich dachte, sie kommt, um Anspruch auf das Buch zu erheben. Und mir damit meine berufliche Zukunft zu nehmen. Das konnte ich nicht zulassen.«

»Aber das hatte ich doch nie vor!«, rief Judith laut. »Ich habe dich einfach vermisst.«

»Ein ziemlich ungünstiger Zeitpunkt«, meinte Hilde. »Für mich sah es ganz so aus, als ginge es dir um das Buch. Deswegen habe ich es mir einfach genommen. Ich kannte die Zahlenkombination des Tresors, schließlich war mein Mann Bürgermeis-

ter. Es tut mir leid, ich habe einfach rotgesehen. Vor lauter Zorn habe ich mich schlimmer benommen als du. Ich muss mich nämlich noch bei drei ganz besonderen Mädchen entschuldigen. Marie, Franzi und Kim, kommt bitte nach vorne.«
Die drei !!! sahen sich an, nickten und gingen durch die kleine Gasse, die die Zuschauer bildeten.
»Diese drei Mädchen sind Detektivinnen. Und sie hatten herausbekommen, dass ich das Buch gestohlen habe.«
»Na ja, wir hatten einen starken Verdacht, aber noch keine Beweise«, verbesserte Marie.
»Wie auch immer. Ich habe sie eingesperrt. In einer dunklen Kammer im Burgberg. Nur damit ich nicht auffliege. Zumindest nicht vor dem hochzeitlichen Schauspiel. Es tut mir sehr, sehr leid.« Sie betrachtete die drei !!! und lächelte. »Wie in aller Welt seid ihr denn aus eurem Gefängnis herausgekommen?«
»Zuerst: Wir nehmen Ihre Entschuldigung an. Was aber nicht bedeutet, dass sich die Polizei nicht um Sie kümmern wird«, antwortete Kim. »Leider konnten wir uns nicht selbst befreien. Judith hat uns geholfen. Sie muss Sie beobachtet haben!«
»Ich habe erst da begriffen, wie groß das Missverständnis war, Hilde. Wie verzweifelt du warst, um so etwas Schreckliches zu tun. Natürlich habe ich die Mädchen, so schnell ich konnte, befreit!«
Anna blickte ihre Mutter entsetzt an. »Das glaube ich einfach nicht. Und ich habe dich bewundert, weil du mit dem Diebstahl so entspannt umgegangen bist. So vernünftig. Aber das Gegenteil ist der Fall. Ich bin wirklich enttäuscht.«

Hilde Blomst zog sich die Schürze enger um den Körper. »Ich verstehe dich. Und ich habe es nicht anders verdient. Ich kann nur noch einmal sagen, dass mir alles schrecklich leidtut und ich mich der Polizei stellen werde.«

Wieder ging ein Raunen durch die Menge, diesmal gab es allerdings keine Zwischenrufe.

»Ich hoffe, du kommst mit einer milden Strafe davon«, meldete sich Judith erneut zu Wort. »Ich bin nämlich so froh, dass ich wieder bei dir bin. Wir werden das zusammen durchstehen, und wer weiß? Wir verstehen etwas von Heilkräutern, wir lieben unsere Arbeit und wir haben ein tolles Buch, das uns jede Menge neuer Anregungen liefern wird.«

Die Zuschauer klatschten und jubelten.

Gleichzeitig begann der Paukenspieler im Spielmannszug zu schlagen und die Trompete erklang.

»Aha, bevor wir da mehr erfahren, wird wohl erst mal geheiratet«, meinte Marie.

Während des gesamten Hochzeitsspiels standen die drei !!! direkt neben Judith und Hilde in der ersten Reihe. Trotz des dramatischen Auftakts wurde es sehr romantisch. Anna und Hendrik sahen sich immer wieder verliebt an, Anna warf jedoch ab und zu einen besorgten Blick auf ihre Mutter und ihre Tante.

Als die Feierlichkeit zu Ende war, löste sich die Menge allmählich auf.

Marie blickte noch versonnen auf Hendrik und Anna, die sich unter einem Papierblütenholunderbusch umarmten.

»Wir kriegen das hin«, hörte sie Judith leise Hilde zuflüstern. Danach griff sie Hildes Hand und drückte sie fest.
Marie spürte den letzten Rest Zorn auf Hilde verfliegen. Sollte das Ganze doch noch ein gutes Ende nehmen?
Sie stupste Kim und Franzi an und deutete in Judiths und Hildes Richtung. Doch die beiden waren verschwunden.

»Frische Fettfladen! Echte mittelalterliche Fladenkringel vom *Jausenschmalz* ... äh ... *Pausentiegel*!«
Hannes Wolter und Günther Lamprecht, beide mit einem Bauchladen um den Hals, traten zu den drei !!!.
Marie legte verwirrt den Kopf schief. »Hab ich da was nicht mitbekommen?«, fragte sie und grinste.
Hannes Wolter sah Günther Lamprecht an. »Da bist du nicht die Einzige. Mensch, Günther, unser Produkt heißt *Echt mittelalterlicher Pausenkringel* und unser Laden *Tiegeljause.*«
Er wandte sich an Marie: »Ja, es gibt eine Neuigkeit. Wir arbeiten jetzt zusammen. Ist viel klüger. Günther sagt mir, wie ich meine Sachen echt mittelalterlich hinbekomme, und ich sage ihm, wie es dann auch noch schmeckt!« Er boxte Günther in die Seite und lachte laut über seinen eigenen Witz.
Günther verdrehte zum Spaß die Augen und boxte zurück. »Unser Geschäftsmodell ist zwar geschichtlich rückwärtsgewandt, aber doch sehr zukunftsträchtig. Und wenn Hannes sich auch noch merken könnte, dass wir *Jausentiegel* heißen und *Schmalzfladen* verkaufen ... »Er öffnete die Klappe an seinem Bauchladen und holte mit der Zange nacheinander drei

Schmalzfladen heraus. »Für treue Kunden ist die erste Runde gratis«, sagte er.
Marie spürte erst jetzt, wie hungrig sie war. Gierig biss sie ein großes Stück ab. »Schmeckt *absolut* zukunftsträchtig«, sagte sie mampfend.

»So viel Liebe ist mir schon beinahe unheimlich«, meinte Kim. »Erst Hendrik und Anna, dann Judith und Hilde und jetzt auch noch Hannes und Günther – haben die denn alle einen Liebestrank getrunken?«
Franzi kicherte. »Kommt mir fast so vor«, sagte sie. »Und ich befürchte, damit nicht genug.« Sie zeigte auf Hilde und Judith, die Arm in Arm in den Holundergarten spazierten. Judith trug etwas Großes, Eckiges in der Hand.
»Die haben doch nicht im Ernst das Buch geholt?«, fragte Kim mit weit aufgerissenen Augen.
Marie nickte. »Sieht ganz danach aus!«
Waldemar Heuerlein tauchte aus der Menschenmenge neben ihnen auf.
»Was machen Sie denn hier?«, fragte Kim erstaunt. »So mitten im Getümmel.«
»Meine Alarmanlage ausprobieren, ist doch klar!« Er grinste schelmisch. »Das Buch ist ja wieder da! Denen wird noch Hören und Sehen vergehen! Platz da!« Er fuchtelte mit dem Stock vor sich her und bahnte sich eine Schneise durch die Menschenmenge.
In diesem Moment ergriff Frau Thiese das Mikrofon. »Meine

Damen und Herren, darf ich Sie erneut in den Holundergarten bitten. Der zweite Höhepunkt an diesem Tag kann nun doch stattfinden. Das Buch von Ottilie wird übergeben!«

Wieder strömten alle in den kleinen Garten, aber diesmal hatten die drei !!! kein Glück. Es war einfach kein Durchkommen – nirgends.

»Wir haben es ja zumindest kurz gesehen«, meinte Kim.

»Und die Speisekartenversion hatten wir sogar eine ganze Weile in unserem Besitz.« Franzi grinste.

Ein schiefes Tröten erklang. Diese fiesen Töne hatte Marie schon einmal gehört.

Marie sah sich um. »Jetzt fehlt eigentlich nur noch …«

»… Ludo, der Dudelsack-Lindwurm!«, rief Finn, der immer noch in seinem Drachenkostüm steckte und eine kleine Ausgabe eines Dudelsacks mitschleppte.

Er raste auf seine Schwester zu und streckte die Hand nach oben. »Mama sagt, ich war super, gib mir *Hai pfeif*!«

Marie klatschte ihren kleinen Bruder ab und lachte. »High five, Finn! Wir waren aber auch super, oder? Was für ein Wochenende!«

Im Hintergrund begann ein Teekessel zu pfeifen …

Ann-Katrin Heger würde sich am liebsten wie Marie einen Trank für mehr Verständnis, Liebe und Frieden brauen. Sie befürchtet aber, dass Kim und Franzi recht haben und es sooo einfach nicht ist. Für den Fall, dass die ein oder andere Leserin ein Geheimrezept für diese Wünsche besitzt, würde sie sich über Post sehr freuen.

Leseprobe

Mira Sol:
Rätselhafter Raub

Laute Knutschgeräusche schallten Kim entgegen, als sie die Küche betrat. Ben und Lukas drängten sich mit ihren Sporttaschen an ihr vorbei. »Du hast gestern vor tausend Leuten David geküsst«, sagte Lukas laut. »Peinlich!«
»Sind wir denn im Kindergarten?«, rief Kims Mutter von der Eingangstür. »Kommt endlich.« Sie winkte Kim zu. »Hallo, mein Schatz. Du hast gleich Ruhe. Wir fahren zum Auswärtsspiel.«
Kim nickte erleichtert.
Ihre Mutter lächelte. »Eure Lesung war phänomenal.«
Ben streckte den Kopf neben ihr zur Tür herein. »Das Beste war der Feueralarm!«
Frau Jülich schob Ben energisch nach draußen und schickte Kim einen Luftkuss. »Reg dich nicht auf. Hab einen guten Tag! Papa hat Pfannkuchen gemacht.«
Die Tür fiel ins Schloss.
Kim atmete tief durch. Ihre Mutter hatte recht. Auf keinen Fall würde sie sich jetzt über die Zwillinge ärgern und sich die Laune verderben lassen. Sie würde ausgiebig frühstücken und dann mit einem spannenden Krimi in ein duftendes Schaumbad steigen …

»Guten Morgen!«, unterbrach die Stimme ihres Vaters ihre Gedanken. »Setz dich und greif zu.«
Kim gab ihrem Vater ein Küsschen auf die Wange. »Danke!« Sie schlüpfte auf die Bank in der Sitzecke.
Herr Jülich stellte einen großen Teller mit einem Berg dampfender Pfannkuchen auf den Tisch. Ein köstlicher Duft breitete sich in der Küche aus.
»Lecker«, murmelte Kim. Sie nahm einen Pfannkuchen, bestrich ihn dick mit Himbeermarmelade und rollte ihn auf. »Ich glaube, ich brauche heute einen komplett entspannten Samstag.«
»Den hast du dir verdient«, meinte ihr Vater. »Eure Lesung hat mir sehr gut gefallen«, schwärmte er, während er seinen Pfannkuchen großzügig mit Puderzucker bestäubte. »Es hat richtig Spaß gemacht, dir und David zuzuhören.«
»Das freut mich.« Kim biss ein Stück von ihrer Pfannkuchenrolle ab, kaute und schluckte schnell. »Herr Rohloff war auch sehr zufrieden. Er meinte, dass er noch weitere Lesungen für uns organisieren kann. Super, oder?«
»Das wäre toll. Ich werde zu jeder Veranstaltung kommen!«
»Prima!«, rief Kim und nahm einen Schluck von ihrem Kakao.
Im Flur klingelte das Telefon. Herr Jülich wischte sich die Finger an seiner Küchenschürze ab und stand auf. »Das wird der Lieferant von den Ziffernblättern aus dem Schwarzwald sein, da muss ich ran.«
Kims Vater betrieb eine Werkstatt für Kuckucksuhren. Er lieb-

te seine Arbeit, und Kim freute sich für ihn, dass der Laden gerade richtig gut lief.
Sekunden später kehrte Herr Jülich in die Küche zurück. Er hielt Kim den Hörer hin. »Für dich. Es ist Marie.«
»Hey, guten Morgen«, erklang Maries vorwurfsvolle Stimme. »Du hast dein Handy ausgeschaltet.«
Kim runzelte die Stirn. »Wahrscheinlich ist der Akku leer.«
»Auch egal, jetzt bist du ja dran.« Marie schnappte nach Luft, dann legte sie los: »Ich habe gerade Herrn Rohloff getroffen, als ich joggen gehen wollte. Er war total aufgeregt, weil er einen Anruf von seiner Patentante bekommen hat. Halt dich fest: Letzte Nacht wurde im Wasserschlösschen eingebrochen! Wahrscheinlich sind einige Puppen aus der Ausstellung gestohlen worden. Wir müssen sofort hin.«
Kim fiel beinahe das Telefon aus der Hand. Das klang definitiv nach einem neuen Fall für ihren Detektivclub! Augenblicklich setzte das bekannte Bauchkribbeln ein.
Ihr Vater sah sie prüfend an.
Kim versuchte ein möglichst belangloses Gesicht aufzusetzen. »Ich komme gleich nach«, sagte sie mit ruhiger Stimme in den Hörer. »Tut mir leid, ich hab's einfach vergessen.«
»Ähm?«, machte Marie. Dann lachte sie leise auf. »Verstehe, dein Vater ist in der Nähe. Wir treffen uns am Schlösschen. Franzi weiß schon Bescheid.«
»Super, bis dann.« Kim drückte das Gespräch weg. Sie wuschelte sich durchs Haar. Eigentlich konnte sie Lügen auf den Tod nicht ausstehen. Aber manchmal ging es nicht anders. Sie

seufzte. »Ich hab völlig vergessen, dass ich mit Marie und Franzi verabredet bin. Wir wollen uns die Puppenausstellung im Wasserschlösschen ansehen.«

Das war, zumindest was den Ort betraf, nicht gelogen.

Kim klaubte das restliche Pfannkuchenstück von ihrem Teller und schob es sich in den Mund. »Ich muss los«, nuschelte sie und umarmte ihren Vater.

»Ich wünsche euch viel Spaß – mit drei Ausrufezeichen.«

Kim stutzte. War das Zufall oder spielte ihr Vater gerade auf den Namen ihres Detektivclubs an? Ahnte er etwas?

Sie beschloss, die Bemerkung einfach zu übergehen.

»Zum Abendessen bin ich wieder da«, versprach Kim und rannte zur Garderobe im Flur.

»Bitte in einem Stück und mit Kopf dran«, rief ihr Vater ihr hinterher.

Kim sah zur Küche rein. »Keine Sorge. Es ist doch nur ... eine Ausstellung.« Sie schlüpfte in ihren Kapuzenpulli, stieg in ihre Turnschuhe und beeilte sich aus dem Haus zu kommen, bevor ihr Vater noch etwas sagen konnte.

Willst du wissen, in welchem spannenden Fall die drei !!! diesmal ermitteln?
Dann frag in deiner Buchhandlung nach:
Die drei !!! — Rätselhafter Raub, ISBN: 978-3-440-16811-0

Die drei !!!

Jetzt beginnt dein Einsatz!

Ermittle mit Kim, Franzi und Marie in vier spannenden Fällen

Auf der Spur

Tatort Modenschau

Skandal im Tierheim

Picknickdrama

Erhältlich im App Store

JETZT BEI Google Play

USM